Sense sortida

Rafael Vallbona

Gran Angular

editorial cruïlla

Primera edició: setembre de 2003

Direcció literària i edició: Montse Ingla Mas
Fotografia de la coberta: Montse Fontich
Disseny de la coberta: Estudi SM

Balmes, 245 - 08006 Barcelona
editorial@cruilla.com

Comercialitza: CESMA, SA
Catalunya i Balears: tel. 936 308 400
fax 936 308 750
cruilla.cesma@grupo-sm.com
C. Valenciana: tel. 963 498 087
fax 963 474 836

ISBN: 84-661-0628-6
DL: M-33830-2003
Imprès a Espanya / *Printed in Spain*
Impremta SM

Parla d'un somni,
intenta fer-lo realitat.
Et despertes a la nit,
amb una por tan autèntica.
Passes la vida esperant
un moment que no acaba d'arribar.
Bé, no perdis el temps esperant.

BRUCE SPRINGSTEEN, Badlans

Foscor al límit de la ciutat

1

De VEGADES en un barri pobre com el meu passaven coses com aquestes i ningú se sorprenia. Un tipus que mirava més del compte la noia d'un altre, una empenta involuntària a l'entrada dels futbolins, una jaqueta de pell que havia canviat d'amo de mala manera... No ho sé, una bronca per qualsevol cosa i ja està. Cops de puny, cops d'ampolla, alguna ganivetada, crits histèrics de les noies, sang dels nois a la cara, plors, la gent gran que gira la cara per no veure el panorama, i mitja hora després la pau i el silenci s'apoderaven de nou dels carrers foscos i humits, de les dues placetes, com solars bombardejats, o del parc que tothom anomenava la selva. La policia gairebé mai no voltava pel meu barri i el nou dia es despertava amb les lleganyes de sempre, el cafè i la copa dels homes abans d'anar a la feina i l'olor tendra i embafadora de la pastisseria de la cantonada. Així anaven passant les setmanes i els mesos de la meva vida, de la vida de la meva família i de la de tot el barri. Fins que va passar el que va passar.

El meu barri és com un forat en un dels extrems de la ciutat, una vora mal feta que només serveix per acumular la misèria humana que ningú vol veure als carrers il·luminats i plens de vida del centre. Els que vivim allà no mirem mai enrere, perquè el que tenim sempre és millor que el que hem deixat; però davant nostre el cel sempre està ennuvolat i no hi veiem més enllà del nostre nas. Pares i avis van venir de Múrcia, Andalusia o Extremadura fa quaranta o cinquanta anys amb l'esperança com a únic bagatge. Ara ja no els queda ni això. Després van arribar els senegalesos i gambians i ara els magribins. I cada vegada arriben amb les mans més buides. Aquests darrers només porten per equipatge una mirada perduda i infinitament trista, que ja és ben poca cosa.

El meu avi sempre explica que, quan van arribar, el carrer principal era un torrent que es desbordava cada cop que plovia i deixava les botigues i els baixos plens de fang. Es veu que fins i tot una vegada hi va haver un mort, un vell que se'l va endur la riada, com una bossa de plàstic de les del Carrefour. És clar que als que s'instal·laven aquí els venien la moto que això era un polígon residencial, que es construirien escoles, guarderies, centres socials, cinemes, jardins i que en poc temps seria l'enveja de la ciutat. El meu avi jura que van trigar deu anys a asfaltar el primer carrer. Llavors els pisos, petits com capses de sabates, ja estaven plens d'humitat, els vàters s'embussaven perquè ningú havia fet les clavegueres i les parets semblaven la pell d'un leprós.

Però la gent s'enrotllava. S'ajudaven quan algú ho necessitava, es consolaven quan algú plorava alguna desgràcia i reien i es divertien cantant i ballant fins a la matinada quan hi havia festa. I així el barri va anar creixent. Els blocs seguien sent una merda, però la majoria era la primera vegada que tenien un sostre que no era d'uralita.

Amb el temps i la dura lluita del veïnat es van aconseguir algunes millores. Una escola que en realitat eren uns barracons, una placeta que la ràbia anònima destruïa nit rere nit, un autobús per anar al centre que els nens apedregaven com si fos una diligència, i uns desguassos perquè quan plogués torrencialment no sortissin nedant. Llavors vaig néixer jo i ja no vaig veure canviar gens el barri fins que vaig tenir catorze anys. Va ser pels Jocs Olímpics.

Un dia va arribar l'alcalde amb el seu cotxe i el seguici de policies i tipus amb vestit i corbata. Van saludar mig barri, van passejar per les gastades voreres i van prometre el de sempre: el metro, el consultori mèdic... Em sembla que ningú no els va fer gaire cas. Tots sabíem que els Jocs no passarien pel barri i no esperàvem cap regal, així per la cara. Amb una mica de sort el millor que portarien les olimpíades seria feina per als paletes, o sigui, per a mig barri. Però per sorpresa nostra, a més de molta feina també va arribar l'institut nou, el centre de salut i un parc molt gran i ple de plantes, arbres i bancs que només va lluir el dia de la inauguració. Jo estava una mica al·lucinada amb tanta novetat, gairebé estava contenta.

Però el barri ja no era el mateix, perquè les ciutats i els pobles els fan les persones. I la gent del barri havia canviat moltíssim. Ja ningú s'ajudava, ja ningú plorava les penes de l'altre ni reia les seves alegries. Les portes estaven tancades i sempre tenies la sensació que hi havia algú espiant, algú que seguia els teus passos per furgar en la teva vida. Van començar a arribar estrangers: negres, moros i algun sud-americà. A mi no m'han fet res, però la gent no se'n refia. No hi ha persona més desconfiada que el pobre i l'ignorant. I aquests, al meu barri, som majoria absoluta.

Per a què volíem l'institut i el parc si la gent ja no es mira a la cara?

A més, després del Jocs ningú es va acostar mai més a podar els arbres ni a netejar el jardí. Els nois es van atipar d'anar a classe a aprendre coses que no els donaven calés per fer unes quantes cerveses i uns porrets, i a més hi va haver una crisi econòmica que va deixar gairebé tots els homes del barri a l'atur i sense ni cinc. Ells es feien passar la depressió xumant conyac al bar mentre les seves dones fregaven escales per poder menjar. Semblava que tornéssim a estar com al principi, com quan van arribar els pares i els avis fugint de la gana i la misèria. Només que ara, enfonsats pels deutes, el crèdit del cotxe i la hipoteca del pis que havien comprat presos de l'eufòria olímpica, qui més qui menys havia empenyorat fins i tot l'esperança.

I com que la caiguda sempre és més dura, la desconfiança entre el veïnat antic i el nou es va convertir en ràbia i odi; en això que ningú gosa anomenar i que es diu racisme, i que ha arrasat per sempre la convivència, aquella solidaritat entre la gent que feia més suportable les dures condicions de vida dels vells temps, quan al barri hi faltava de tot i el poc que hi havia encara s'ho enduien les riades.

Més d'un i més de deu pensaven que la culpa de la falta de treball era perquè els negres i els moros els l'havien pres. No dic que tothom pensés així, però la gran majoria sí. Encara que no ho volguessin reconèixer llavors ni ho vulguin reconèixer mai, el seu egoisme i la seva covardia hipòcrita els feia igualment culpables, encara que no fossin els que penjaven pancartes de «fora moros» als balcons. Però el silenci davant la injustícia els va convertir en còmplices dels que pintaven la porta de la carnisseria amb creus gammades i insults.

En pocs dies les mirades tafaneres es van carregar de ressentiment. Les baralles entre grups es van convertir en batalles amb ferits i ambulàncies. Fins i tot va aparèixer la policia, suposo que perquè els polítics estaven mosquejats pel lamentable espectacle que es veia a les notícies de la tele, que protagonitzaven els veïns d'aquell barri perdut i oblidat.

Tot això va començar fa vuit anys. Jo llavors en tenia disset. Ho recordo perfectament perquè el que ens va passar a mi i a la meva amiga Rosa ens va canviar la vida a totes dues per sempre. Com si haguéssim mort i tornat a néixer al cap d'unes setmanes.

Va ser una nit de primers de juliol. Estàvem assegudes en un banc rovellat del parc mirant les estrelles, que brillaven amb una força brutal, com si volguessin alertar-nos d'algun perill que no trigaríem gens a descobrir. Parlàvem de nois, més exactament del Salva, un noi esquifit amb cara de no saber mai res, de qui la Rosa estava absolutament penjada, encara que ell no en feia ni cas.

–No sé què deu haver fet el Salva. Fa temps que no en sé res.

–Va estudiar per a aparellador, em sembla. Va trobar feina i va marxar. Un que va tenir sort.

En aquella època era un noi malaltís, que sempre

anava sol, despistat, com absort en els seus pensaments. I en aquests pensaments no hi entrava la meva amiga. Ella es desvivia perquè el Salva la mirés. A la Rosa sempre li han agradat els nois tímids i poca cosa. Deu ser perquè li desperten l'instint maternal o potser perquè és una sentimental. Encara que avui en dia la tendresa no serveix per a res i la Rosa encara està soltera i sense compromís.

Bé, doncs aquella nit estàvem assegudes sota les estrelles parlant del Salva i de com en són de babaus els nois en general, quan ho vam veure tot. Els que intentaven escapar entre els arbustos del parc eren magribins i els que els perseguien amb bats de beisbol eren un grup de skins del barri, els rapats o pelats, que els dèiem. Tot va anar molt de pressa. Carreres, insults, crits i cruixir d'ossos sota una pluja de cops. Els rapats havien tallat la fugida per darrere als nois marroquins. Eren més, anaven armats i a sobre eren més corpulents.

Ho tenien molt malament.

D'entrada la Rosa i jo ens vam quedar glaçades. Quan vam reaccionar, vam marxar entre l'espessa selva. Però era massa tard. Nosaltres també ho teníem fotut. Com si la vida no fos prou difícil per ella mateixa perquè ara es compliqués de la forma més estúpida.

2

EL MEU AVI era un gitano de Cadis que feia el que podia per alimentar la dona i els quatre fills. Tant treballava de mosso en un *cortijo* com venia els cistells de vímet que feia ell mateix, com robava alguna gallina quan la gana es despertava i els nens ploraven desesperats pel mal de panxa. Un dia molt desgraciat la seva joveníssima dona es va posar malalta sense que se sabés de què i, al cap de poc temps, es va morir als seus braços sense que un mal metge l'hagués visitada. Segons explicava l'avi, en aquella època vivien en una barraca prop de Badajoz. Quan es va morir l'àvia, que jo no vaig conèixer, les úniques persones que es van interessar pel dol d'aquella família van ser una parella de civils. Dos dies abans havien desaparegut un parell de pollastres d'un corral d'allà prop i sospitaven que l'avi podia saber on eren. Però quan, després de trucar amb un sec «*abran a la guardia civil*» van veure la morta al llit envoltada pels quatre nens i el seu marit que la ploraven en silenci, no van gosar trencar l'escena de dolor familiar. Van donar el condol i es van oferir per avisar l'enterramorts.

Els pollastres els havia robat ell, és clar.

Feien més falta a la barraca que al galliner en aquells moments. Fins i tot un cop morta i sense saber-ho, l'àvia havia fet l'últim acte d'amor vers el seu marit: provocar la compassió de la parella deslliurant-lo així d'alguns dies de calabós.

Tot allò el va fer pensar molt. Estava fart d'aquella vida i, sense la seva dona, no tenia cap sentit seguir en aquella terra. Havia sentit dir al seu cosí que a Barcelona hi havia feina i una vida més digna que la de robar pollastres pels galliners. O sigui que va demanar prestats diners per al tren, va posar quatre peces de roba a la maleta, va deixar els nens amb la seva germana i va marxar cap a la nova terra de promissió.

Els primers anys els va passar en una barraca de la muntanya de Montjuïc, no gaire millor que la que tenia a Badajoz. Va treballar de valent cavant túnels del metro amb una única idea: aconseguir una casa digna per portar els fills. Quan això va ser possible ja feia cinc anys que era a la ciutat. Tenia l'esquena destrossada i havia passat els millors anys de la seva vida sota terra, però al final va aconseguir un dels primers pisos del barri. Amb les claus d'aquell paradís, que fins i tot tenia aixetes amb aigua calenta, un diumenge al matí va anar a l'estació de França a esperar que arribés l'exprés en el qual venien els seus quatre fills: Manuel, el més gran, el meu pare; Juana, l'única noia; Antoñito, la salut del qual no va resistir ni un any a la ciutat, i Luís, que era un bebè quan va morir la seva mare. Amb ells hi viatjava la cosina Mari, que es va quedar a viure al pis i que, de fet, per mi sempre ha sigut l'àvia que no vaig tenir. L'avi no podia evitar que se li inundessin els ulls de llàgrimes quan recordava aquest passatge de la vida.

Les coses no els van anar malament, per sort. El meu pare era ja un noi i de seguida es va posar a treballar en una obra. La Mari cuinava, rentava i s'encarregava dels nens, que estaven tot el dia jugant pels carrers enfangats.

La resta de la història és ben simple. El meu pare va conèixer la meva mare al casament d'un cosí llunyà que vivia a Montcada i es van casar al cap d'un any. La família de la meva mare es dedicava a la venda ambulant, i el meu pare va deixar la feina de manobre, es va treure el carnet de conduir, va comprar una furgoneta atrotinada i va començar a anar de mercat en mercat: dimarts, Sant Adrià; dijous, Premià; dissabte, Mataró...

Però la venda ambulant no donava per a gran cosa i menys per comprar un pis més gran i poder marxar del barri. O sigui que allà segueixen tots: el meu pare Manuel, la meva mare Juana i els meus germans Manolo, Julián i la petita Jessica, que podria ser la meva filla. Els meus pares segueixen venent calces, mitges i mitjons.

El meu germà Manolo és un bon tio, però té mala sort amb tot. Per estudiar no servia i als catorze anys va començar a treballar. El que passa és que les feines no li duren més d'un mes, amb una mica de sort. Durant una època va flirtejar amb el cavall, però la mort per sobredosi del seu amic Andrés, el va convèncer que seguint per aquell camí al més lluny que arribaria seria al cementiri.

Amb les noies li passa com amb les feines. De lligar, lliga, però li duren dos diumenges. I això que és guapo, alt i prim, i amb uns ulls negres preciosos. Però a aquest pas no es casarà ni quan sigui vell. Ell sosté que si tingués calés i un bon cotxe les noies li durarien més i alguna acabaria passant per l'altar, però jo crec que el que li passa és que és un masclista com ja no s'estila ni al nostre barri. Però sobre això no hi vull discutir.

El Julián està fet d'una altra pasta. Només té tretze anys, però ja es veu que serà el triomfador de casa. Estudiós, bon esportista, net com no ho ha sigut mai ningú a la família i, sobretot, un xaval ambiciós, que té molt clar on vol arribar en la vida i que sap que per arribar-hi s'ha d'estudiar de valent. El Julián vol ser advocat i us asseguro que serà un dels millors de tota la ciutat. Algun dia farà alguna cosa important pel poble gitano. No sé què, però ho farà, n'estic convençuda.

La Jessica, Jessi per a tothom, va arribar de rebot. A quaranta-tres anys la mare es pensava que no es quedaria embarassada mai més i, mira, va arribar la quarta. Té dos anys i és una preciositat, i com que la meva mare està tot el dia pels mercats sóc jo qui li fa de mare i així, en lloc d'un fill és com si en tingués dos, perquè jo sóc la més gran dels quatre germans.

La resta de la família són el Boni, un gos sense raça ni pares coneguts que es passa el dia al sofà fins que la mare l'envia al balcó d'un cop d'escombra; un ocell d'espècie inconcreta que va arribar a casa fa un any i que, tancat en una gàbia que li va tocar a la meva mare en una tómbola, és el membre de la família que disposa de més superfície vital, i la tortuga Filomena, propietat exclusiva del Julián, que té la seva mansió instal·lada al test dels geranis que ocupa mig balcó.

En el que queda d'espai d'un tercer pis sense ascensor, aluminós, de cinquanta metres quadrats, amb vistes a un carrer lateral i amb sol de tarda quan hi toca, s'amunteguen com poden les sis persones. El dia del meu casament els meus germans van fer una festa per celebrar l'augment del seu espai vital.

I la majoria de famílies del barri viuen igual, o pitjor. Els pocs que disposen de més espai és que l'han guanyat a costa del seus morts; avis rendits per la crueltat de la seva existència, fills atrapats per la droga o trinxats pels ferros retorçats d'un cotxe qualsevol matinada.

Coses que passen en qualsevol barri de qualsevol ciutat i de les quals ningú s'estranya, ni avui ni mai.

3

JO EM DIC Juana González Heredia. Vaig néixer el 18 de maig de 1977, Taure, tinc vint-i-cinc anys, estic casada i tinc un fill de cinc anys, el Christian. No sóc gaire alta ni tampoc gaire prima, cinc o sis quilos menys em farien un bon favor. La meva cintura es va eixamplar al quedar-me embarassada i així m'he quedat. Però tinc una llarga cabellera negra que acostumo a dur recollida en una cua, els ulls molt negres, com tothom a la família, els llavis carnosos i ben dibuixats i un nas petit i una mica arremangat. I això, diuen, és el millor del meu físic. Però a mi això d'estar més o menys bona m'és ben igual. A mi el que m'agradaria és ser més intel·ligent, haver estudiat història, literatura o alguna cosa per l'estil a la universitat. Però això, a aquestes altures de la vida, crec que és un somni impossible, per tant em conformo a anar cada tarda a l'escola d'adults i llegir una estona a la nit abans de caure morta de son. Aquest barri segueix sent pobre com sempre, però ara fins i tot tenim biblioteca.

El meu marit es diu Fernando, Fernando García Bico i té dos anys més que jo. Ell no és gitano. La seva família prové d'un poble de Saragossa, però van emigrar aquí fa molts anys. Igual que jo i els meus germans, ell també va néixer al barri. El Fernan, com li dic jo, treballa de paleta, com la majoria de nois del barri. És un bon home: senzill, simpàtic i treballador. És més aviat baixet i molt moreno, no és cap bellesa però jo l'estimo amb bogeria i ell també, a mi i al nostre fill. Em respecta i entén que jo treballi i vulgui aprendre, cosa que els marits de moltes amigues meves no aproven i fins i tot els prohibeixen anar a l'escola. Ell amb prou feines sap llegir, perquè a l'escola hi va anar molt poc, però li agrada sentir-me explicar les coses que aprenc a classe o les històries que expliquen els llibres que llegeixo. Recordo que, quan li vaig explicar *L'illa del tresor*, em va dir que s'ho havia passat més bé escoltant-me que no pas si hagués vist la pel·lícula. Deia que sentint les meves paraules podia imaginar-se amb més llibertat la història, com eren els escenaris i els personatges.

–Això és el que té de bo la lectura.

–Amb un que llegeixi a casa ja n'hi ha prou. A més el Christian també en sabrà –em va respondre.

A classe hi vaig a la tarda. Al matí treballo a la fruiteria del supermercat. La meva cosina Montse em va a buscar el nen a l'escola i el porta a casa a l'hora de dinar, així el puc veure una estona. A la tarda m'arreglo, recullo les quatre coses i vaig a classe. Surto a dos quarts de nou, corro cap a casa, escalfo el sopar, engego la rentadora, poso el Christian al llit, faig el dinar de l'endemà, endreço una mica la cuina i al final m'assec una mica al sofà amb el meu marit. De vegades em quedo adormida. La vida és dura si has de treballar, pujar els fills i portar una casa.

Quan penso que podria estar morta, dono gràcies a Déu per tenir el que tinc.

Fa vuit anys no pensava així, és clar. Als disset anys jo només estava per les discoteques, els nois i algun porret, i la duresa de la vida i el dia de demà eren cosa de vells. Llavors només ens volíem divertir, potser per oblidar que vivíem en un barri de merda, que mai seríem presentadores de televisió, ni models, ni cantants, ni res que donés molta pasta per comprar cotxes espectaculars ni xalets. Eren els nostres anys salvatges i la meva amiga Rosa i jo els vam viure intensament: festes fins a les tantes amb els nois del barri, excursions a la muntanya carregats d'entrepans i vi barat, curses amb les motos trucades que feien un soroll de mil dimonis i alguna persecució de la guàrdia urbana. Fins i tot una vegada vam entrar al jardí d'una torre quan els propietaris no hi eren i ens vam banyar a la piscina fins a la matinada. Allò va ser memorable, una autèntica proesa.

Ara tot això forma part del passat. Sóc una dona casada i mare, però us asseguro que no em penedeixo de res del que vaig fer a la meva joventut. Al contrari, quan m'assalten els records d'aquells temps, m'emociono i encara se'm posa la pell de gallina. La joventut és una part molt important de la vida, de la nostra manera de fer, de ser i d'entendre les coses, del nostre caràcter. I malgrat no tenir res, ni futur, ens divertíem molt.

Llàstima que tot es perdés aquella nit d'estiu, al parc. El que ens va passar aquelles setmanes ens va fer grans de cop, a la Rosa i a mi.

4

LA ROSA es diu María Rosa Simón Campos i té exactament la mateixa edat que jo, només que ella és de l'agost, de signe Verge. Està soltera, sense compromís, però amb tants noviets com vulgueu. Sempre ha sigut més eixerida que jo, la Rosa. S'ho va saber muntar millor. És clar que ella és paia i a casa seva ningú li ha dit mai que s'ha de casar. Entre els gitanos, encara que siguin famílies modernes com la meva, això d'estar soltera després dels vint no està ben vist. Els costums han evolucionat molt de pressa en pocs anys, fins i tot en societats tan tradicionals i una mica tancades a la modernitat com la gitana, però això que una noia als vint-i-cinc o trenta anys segueixi soltera, fins fa ben poc era intolerable i, avui en dia encara costa d'entendre entre les famílies gitanes que viuen una mica al marge de la societat paia i de les ciutats.

Jo em vaig casar als dinou anys i no me'n penedeixo, però en conec moltes que el matrimoni els ha sortit molt malament i avui en dia tenen molt mala vida. N'hi ha que a trenta anys semblem velles de seixanta.

Però la meva amiga Rosa és la bomba. És primeta,

amb bon tipus, rosseta i bastant bufona de cara i, com que fa de perruquera, cada setmana apareix amb un pentinat diferent. I guanya força calerons. No ens assemblem en res, però som molt bones amigues. Hi ha altres noies de la nostra edat que no entenen com podem ser tan inseparables, però em sembla que és pura enveja. O ràbia que a mi em pentini de franc la millor perruquera del barri i a elles no.

Els seus pares van venir de Calasparra, a Múrcia, però ella ja va néixer aquí. És que els fills dels emigrants ja som d'aquí. No ens uneix res amb el poble dels nostres pares. Jo de petita hi anava els estius però m'avorria com una ostra i em moria de calor. De casada hi vam anar una vegada perquè el Fernando conegués tot allò, però no hi hem tornat més. I últimament, amb l'excusa que l'avi és molt gran per fer un viatge tan llarg, ja no hi van ni els meus pares. S'estimen més anar uns quants dies al càmping a la costa, banyar-se, prendre el sol i sortir alguna nit a menjar-se una pizza. Són feliços amb poca cosa.

La Rosa tampoc no hi va mai, a Calasparra, i això que ara és un poble força gran. És el passat, la prehistòria de la família, diu. Ella sempre fa unes vacances de somni: Eivissa, Canàries i fins i tot ha anat a Londres i Itàlia. El que jo dic, sap viure sense mirar enrere, perquè darrere nostre no hi ha res de bo i, encara que el futur estigui ple de núvols que no ens deixen veure el sol, en aquests darrers cinc o sis anys tampoc podem dir que hàgim retrocedit.

De petita la Rosa ja deia que volia ser perruquera. Jo li deia que si ella arribava a ser perruquera jo seria secretària, encara que de moment no he passat de ser mestressa de casa. A poc a poc tot es farà.

Va començar rentant caps. Quan va acabar la secundària a l'institut, va fer un parell de cursos de perruqueria i després d'estalviar tot el que va poder va llogar un local al barri i va obrir el seu propi negoci. És una perruqueria petita però preciosa. Té una aprenenta que l'ajuda i sempre hi ha cua de senyores davant la porta. O sigui que no es pot queixar, i no ho fa. I jo tampoc, perquè és la meva millor amiga i m'ha ajudat moltíssim sempre que m'ha convingut. Fins i tot m'ha deixat diners un parell de vegades.

La Rosa i jo som com germanes i, tot i que treballa moltes hores, no hi ha setmana que no em passi a veure. Llavors fem un cafè i entre el fum dels cigarrets recordem històries i aventures de quan érem nenes i aquest barri era un lloc trist i sense cap al·licient que convidés a tenir ganes de viure.

En més d'una ocasió m'ha lliscat galta avall una llàgrima furtiva, de pura emoció. Llavors la Rosa m'agafa les mans, les prem amb força i em diu que hem d'estar contentes, que la vida segueix i que això és el millor que podem tenir, i que jo he d'estar molt satisfeta amb el meu fill i el meu marit, que són la major riquesa i el tresor més gran que es pot arribar a tenir mai.

5

QUAN teníem quinze o setze anys no teníem res ni sabíem què fer per aconseguir res. No volíem perdre el temps estudiant, no volíem treballar com unes mules, arribar a casa fetes pols com els passava als nostres pares, deixar caure el cul al sofà i criar fills i panxa com els animals i, a més, no tenir mai ni un duro i portar roba vella, cotxes atrotinats i viure en pisos petits, humits i mal fets. La nostra rebel·lia era contra tot això, contra el que patíem a casa nostra.

–A la puta merda el món! –era el nostre crit de guerra.

Després de fer el crit, tant podíem destrossar una paperera com apedregar els vidres d'algun cotxe abandonat en un solar. En això consistia la nostra inquietud adolescent. Era la ràbia de qui no té res per perdre perquè ja ho té tot perdut, però també era producte de la ceguesa més terrible que podem patir les persones, la que provoca la ignorància.

A més eren temps d'incertesa. Els Jocs Olímpics havien contagiat a tota la ciutat una il·lusió que, en pocs mesos, s'havia evaporat. Si els adults estaven a l'atur, ¿com havíem de trobar una feina els joves, si n'hi havia que no tenien ni l'edat legal per treballar?

Jo, com que no volia anar a l'institut, ajudava de molt mala gana els meus pares amb les calces i els sostenidors. Em llevava de mal humor i no badava boca en tot el trajecte fins al poble on es feia el mercat. Ajudava a muntar la parada i després me n'anava al bar de més a prop a esmorzar. Amb el cafè amb llet i un parell de canutos em trobava millor, però si alguna senyora es posava pesada jo em posava de molt mala llet i l'enviava a passeig, amb la qual cosa ja tenia merder amb els meus pares i morros la resta del matí. Si pogués tornar enrere en el temps estudiaria com una boja, però les coses només passen una vegada i no serveix de res lamentar-se.

Els caps de setmana el meu pare anava sol al mercat. El dissabte al matí jo ajudava a casa a fer la neteja i la compra i després de dinar sortia disparada de casa abans que a la meva mare no se li acudís alguna cosa per retenir-me.

Arreglada com una cambrera de club, baixava corrents per la vorera del carrer principal fins a la placeta per trobar la meva gent, un grupet d'adolescents que no sabíem ni fer la *o* amb un canut i ens crèiem els amos del món. La tarda solia passar entre badalls, cigarrets, bromes estúpides dels tios per provocar-nos o per toquejar-nos amb l'excusa del joc i preguntes buides llançades a l'aire sense cap esperança de resposta.

–Què podem fer?

–Anem al cine?

–Jo no tinc peles.

–Jo passo. El cine m'avorreix.

Com a molt ens assèiem al bar del Montoro a prendre coca-coles fins que l'avorriment ens feia anar a sopar cadascú a casa seva. Els diumenges al matí els nois anaven a veure com perdia l'equip del barri, en el qual jugaven alguns coneguts i les noies ens llevàvem tard i ens passàvem les hores mortes pentinant-nos davant del mirall. Les tardes solien ser la repetició de les del dissabte, però tot plegat més trist i decadent. La presència del dilluns en l'horitzó ens posava d'un mal humor considerable. Llavors les bromes entre nosaltres eren força cruels i alguna vegada havien acabat en emprenyades, plors i algun cop de puny.

Teníem poques ocasions de sortir i divertir-nos, i la manca de diners accentuava la nostra poca vitalitat. Per això una excursió, una festa o allò de la piscina del xalet, amb el temps, s'acabaven convertint en fites gairebé mítiques de la nostra adolescència.

De vegades anàvem a la disco al centre, però poques vegades teníem les peles necessàries. Quan hi anàvem, sempre hi havia algú o altre que fotia merder: una empenta, una cremada involuntària amb un cigarret, una mirada excessiva. El normal.

I així passaven els dies i els mesos, un rere l'altre, idèntics, avorrits fins a la desesperació. L'abúlia ens enfonsava més encara. Volíem menjar-nos el món i el món se'ns va menjar d'una queixalada perquè no en tenia ni per començar amb nosaltres.

6

EL FOTUT de tenir temps és que dónes massa voltes a l'olla i es poden arribar a tenir idees perilloses. No sé d'on va sortir la idea que els negres i els moros estaven prenent la feina als homes del barri, però la qüestió és que va començar a córrer com la cervesa per tots els bars, que són l'únic negoci que funciona quan la gent està a l'atur.

Al voltant de les taules llardoses de fòrmica, els treballadors sense feina es van sentint a poc a poc acorralats pel destí, petits, dèbils, angoixats per la buidor. Agafen fort entre les mans les fitxes del dòmino o les cartes, perden la mirada en l'horitzó d'ampolles d'anís i de conyac i busquen algú en qui descarregar la culpa dels seus mals. Després van a dinar a casa, fotuts i amb cara de mort, i diuen a la dona que no tenen feina perquè els capatassos i els encarregats s'estimen més donar-la als negres i als moros. Hores després les dones surten al carrer i proclamen la seva desgràcia als quatre vents i el veí àrab passa a ser el nou enemic.

L'últim a arribar és qui paga els plats trencats.

Això va passar al meu barri com passa en molts barris obrers quan les coses van malament. Poc temps després ningú volia saber res dels magribins i els senegalesos. Tot eren queixes: que si els atenien millor al consultori perquè els metges de l'ambulatori tenien ordres de la Generalitat de fer-ho així, que si eren uns bruts que sacrificaven bens a la banyera dels pisos, que si portaven malalties tropicals, que si robaven, atracaven, rebentaven pisos i violaven, que si... En fi, què més? La llista podria ser infinita si m'ho proposés.

Entre els joves la idea aviat va fer forat. Total, un cop abandonat per sempre l'institut, la majoria tampoc tenia feina ni res més a fer en tot el dia que escalfar-se el cap.

Em sembla que això va ser el que va començar a dividir el grup. La majoria de nois i les noies més guerreres van anar adoptant actituds agressives contra els estrangers que vivien al barri. Van començar mirant-los de reüll, després els van increpar amb insults i algun cop de roc i després van buscar el cos a cos, la provocació directa. De vegades es buscaven excuses: si desapareixia una moto o es cremava un cotxe, es culpava els immigrants i se'ls perseguia, en fossin o no els responsables. Però la majoria de vegades no hi havia causa ni argument i, de seguida, de la provocació es va passar a la violència absolutament gratuïta.

L'espiral era imparable.

Abans que s'emboliqués de veritat, el grup ja s'havia dividit. La majoria de les noies i algun noi, sobretot els més petits, no vam voler saber res de tant d'odi i vam optar per desaparèixer, cosa ben difícil en un barri on tothom es coneix i on et trobes amb qui no vols encara que t'amaguis. Primer ens deien separatistes, perquè deien que fèiem la nostra sense comptar amb ells, però aviat es van emprenyar i van entendre, sense necessitat que els expliquéssim res, que si no volíem saber res d'ells era per la seva actitud cap als immigrants. I això sí que no ho van tolerar. D'avui per demà vam passar a ser poc menys que còmplices de tots els fets de què acusaven els africans. Ens insultaven pel carrer, ens provocaven i fins i tot van arribar a amenaçar un amic meu que va intentar defensar-se. El barri s'havia trencat en mil bocins. Per què volíem ja un parc, un institut i un centre de salut? El millor que podria passar és que els pisos volessin pels aires, que ens moríssim tots i que en el solar que quedés es fes un monument a l'estupidesa humana, tan gran com l'estàtua de la llibertat.

Però no. Déu ens va enviar un càstig i vam haver de suportar el patiment diari de veure com la comunitat s'enfrontava fins a la sang.

Els grups d'amics es van convertir en bandes i, de cop, ja ningú semblava avorrit els dissabtes a la placeta. Sempre hi havia alguna cosa a fer. Passaven les hores vigilant els moviments de la comunitat estrangera. Qualsevol indici, fundat o no, era exagerat fins a convertir-lo en un nou cas per posar en marxa la maquinària salvatge de violència venjativa. Els més radicals eren els més analfabets. Es van rapar el pèl, van comprar bats de beisbol, cadenes i punys americans, es van creure allò de la diferència entre races que algun nazi els havia explicat i van sortir al carrer disposats a netejar-lo d'éssers indesitjables, segons les seves idees. De seguida els van dir els pelats, pel seu cap llis i més buit que la seva butxaca. Aquests van ser els més ferotges, però no els pitjors. Els pitjors, els perversos i dolents de veritat, eren els que els esperonaven cada dia i cada nit al carrer, al bar o a la plaça animant-los que fotessin fora del barri una vegada per totes els immigrants que s'estaven quedant amb tot el que era seu.

Com podien pensar això, si feia anys ells havien arribat allà igual que ara ho estaven fent els magribins?

Total, en poc temps va ser la guerra, perquè els agredits tampoc no es van quedar amb els braços plegats esperant que els altres els apallissessin, és clar. Els carrers del barri es van convertir en un camp de batalla on tot era possible: algun braç trencat, algunes dents fora de la boca, algun contenidor cremat, un parell de còctels Molotov contra el pis d'alguna família musulmana. Després dels primers atacs van començar a arribar, tímidament, les respostes dels agredits.

Un dissabte cap al tard algú va calar foc al cotxe ronyós d'un pelat i la venjança va ser una nit salvatge de foc i garrotades que va durar fins a la matinada. Van cremar dos pisos de magribins. Set dels atacats van acabar a l'hospital amb ossos trencats i caps esberlats, les seves dones van cridar histèriques tota la nit i els nens van plorar com posseïts.

Quan va arribar la policia, tots dormien la borratxera de violència. El barri estava arrasat com si hagués patit un tornado.

Però això només va ser el principi del caos. L'associació de veïns va fer un comunicat demanant calma i diàleg i exigint la intervenció de les autoritats, però l'únic que es va aconseguir va ser que un grup de veïns exaltats decidissin organitzar una manifestació contra la presència d'immigrants al barri. La tesi que es va imposar era que els negres i els moros eren els culpables de les nits de violència, dels robatoris als pisos, dels atracaments a les botigues i no els van acusar de l'atac a les torres bessones de Nova York perquè encara faltaven anys perquè passés.

Unes mil persones van anar a la manifestació, però jo hi vaig veure molta gent que no era del barri. Van aparèixer skins de tota la ciutat armats amb bastons i porres, amb pancartes fetes amb tela resistent i sense faltes d'ortografia, cotxes amb megàfons que llançaven consignes racistes i individus amb jaqueta i corbata i amb els cabells ben tallats que obrien la marxa. O sigui, res a veure amb la gent del meu barri. Què cony venien a fer allà si aquell no era el seu problema? Era clar que venien a provocar. A molta gent li interessava que aquells incidents acabessin malament.

La policia es va dedicar a observar la manifestació, però al final hi va haver d'intervenir. En acabar els discursos xenòfobs que van pronunciar dos dels paios ben vestits des d'un escenari improvisat a la placeta, els més exaltats van proposar a crits anar a la cacera del moro i fer-los fora del barri d'una vegada. Ho van intentar, i tant si ho van intentar! Van arribar fins als tres blocs ocupats majoritàriament per estrangers. Els blocs més pobres, amb la idea de calar-hi foc i fer sortir tots els ocupants.

–Fora les rates del barri –cridaven.

Però la policia no va tenir miraments. Es van posar els cascos i les cuirasses i van carregar contra els exaltats. Hi havia moltes càmeres de televisió filmant-ho tot.

La fumera provocada pels pots de fum dels antidisturbis va convertir el barri en un suburbi de Londres. Durant un parell d'hores no s'hi veia més enllà del nas. La gent corria a empentes i mig encegada buscant un portal on refugiar-se i es tapava la boca amb mocadors o amb la mà per evitar respirar el fum. Els que miraven l'espectacle des de les cases van tancar finestres. Els periodistes corrien amb les càmeres i els micròfons amunt i avall, els bars van abaixar les persianes i la majoria de skins es van afanyar a amagar les armes per no aixecar sospites. Només els més bèsties, que no eren del barri segons es va saber després, es van enfrontar amb les forces de l'ordre a pedrades o amb els còctels que portaven preparats. Hi va haver mitja dotzena de detinguts i una desena llarga de ferits, entre els quals dos avis que miraven la batalla des d'un banc de la plaça com si allò fos una festa. La batalla va durar més d'una hora, l'hora més llarga de la vida del barri.

Aquella nit, arribada la calma, una calma extrema, un silenci radical i exagerat, una foscor més negra que un corb, vaig sortir a fer una volta pels carrers buits. El paisatge era dantesc. Brases encara enceses, contenidors abocats, escombraries per les voreres, les dues cabines telefòniques trinxades, molts cotxes amb els vidres trencats, motos per terra... Les dues furgonetes blaves dels antidisturbis aparcades a la punta del carrer eren l'únic senyal de vida humana. Feia por pensar què podia passar quan la policia marxés. No es quedarien allà tota la vida. I després del que havia passat aquella tarda, la sortida del túnel es veia molt lluny.

L'últim que faltava a un barri pobre i trist com el

meu era una guerra entre els veïns, antics o nouvinguts. La resta de la ciutat es devia estar fregant les mans de pensar com n'érem d'incivilitzats els habitants d'aquella part de la metròpolis. Això en els barris bons i cars no passava, és clar, perquè allà no hi anaven a viure ni moros ni negres, com a molt hi anaven a fer la neteja.

Era avançada la primavera però la nit era freda. Jo caminava sola entre les restes de la batalla campal amb la jaqueta ben cordada i les mans a la butxaca. Havia trucat al timbre de casa la Rosa, però els seus pares no la van deixar sortir aquella nit. Vaig baixar pel carrer principal fins a la placeta, em vaig asseure un instant en un banc i vaig mirar al meu voltant. Havia passat tantes hores asseguda en aquell lloc amb els que, llavors, creia que eren els meus amics, que em costava de creure que, en un mes i mig solament, tot hagués canviat de forma tan radical. Aquell pensament m'entristia.

Ja ho deia la meva mare que, de petit, era normal tenir molts amics, però que amb l'edat aniria descobrint quins eren amics reals i quins no. Segurament tenia raó, però m'entristia pensar que aquell conflicte racial hagués fet disminuir les meves amistats en un setanta-cinc per cent de cop. Probablement ja era massa tard per refer les relacions trencades, encara que potser el temps acabaria llimant les asprors, fent reflexionar els que, en aquell moment, es creien els únics amb dret de viure aquí. Volia seguir creient en la que havia estat la meva gent, encara que era difícil després d'una tarda com aquella. Aquells pelats es farien grans igual que jo, i amb l'edat probablement entendrien que aquella actitud havia estat una bogeria de joventut. Segurament seguiríem vivint tots, jo, la Rosa, els pelats i fins i tot els magribins al mateix barri durant tota la vida. No se surt tan fàcilment de la pobresa. Ens trobaríem cada dia a l'autobús, als bars i a les botigues. Ens faríem vells i coincidiríem al casal dels avis. Què faríem, no parlar-nos, mirar-nos amb ràbia i odi durant tota la vida? Només de pensar-hi, sentia un vertigen brutal.

M'estava quedant glaçada. Em vaig aixecar i vaig començar a caminar cap a casa fent una volta. Vaig deixar el carrer principal i vaig tombar a la dreta buscant algun racó on no hi hagués ferides del combat. Vaig veure venir un noi que coneixia de l'escola, Juan Gómez em sembla que es deia. Em vaig aturar a saludar-lo. Al costat nostre hi havia un cotxe amb els vidres trencats.

–Hi ha vidres trencats pertot arreu –vaig comentar per dir alguna cosa.

–Llàstima que no hi hagi uns quants moros al cementiri –va ser la seva resposta tallant.

–Home, Juan, tenen tot el dret de viure aquí –vaig dir.

–Una merda. Que se'n vagin al seu país. Nosaltres no anem pas al seu país a prendre'ls la feina, a envair les seves ciutats ni a imposar-los els nostres costums, doncs que ells no vinguin a la nostra.

–Però això és absurd. La gent ha de viure on ho pugui fer amb dignitat –vaig insistir.

–Doncs mira, nena, si volen viure dignament que se'n tornin a casa, perquè si no, els farem fora com uns gossos. I tu vigila, no fos cas que, quan acabem amb els moros i els negres, comencem amb els gitanos.

I va seguir el seu camí sense dir res més. Jo em vaig quedar allà plantada.

Aquell tio era un pobre desgraciat que potser acabaria les seves correries racistes a la comissaria, però sentir les paraules tan fortes que havia dit aquell cabró em va deixar sense alè. Vaig notar una punxada i com el cor se'm paralitzava en el mateix instant. Vaig estar així uns segons, fins que va desaparèixer en la foscor. El cap em voltava i les cames em fallaven. De cop vaig tenir molta por. Vaig comprendre que la meva mare tenia raó i que aquells que havien deixat de ser els meus amics un bon dia, no tornarien a trobar-se amb mi mai més. En aquell moment vaig veure clarament que no hi havia res a fer. El barri s'havia trencat per sempre. Ja no necessitàvem la puta estació de metro, ni el parc, ni el mercat promès tantes vegades. Érem un zoo de morts vivents.

Vaig sentir un fred immens i vaig córrer cap a casa. Vaig dir un bona nit de circumstància al meu pare, que estava assegut al sofà mirant la tele, i em vaig ficar al llit. Vaig plorar amargament i amb gran desconsol tota la nit. Quan em vaig despertar tenia els llençols humits i salats de les llàgrimes.

7

DESPRÉS D'AQUELLA NIT hi va haver un parell d'intents més de convocar manifestacions contra els immigrants, però la presència massiva d'antidisturbis va dissuadir els que intentaven protestar, que eren cada cop menys però més radicals i que ja ningú sabia per què protestaven. Em sembla que només els quedava la ràbia i la impotència.

En un parell de setmanes, entre la policia, els periodistes i els polítics van aconseguir que la calma tornés al barri. Bé, no és que solucionessin el problema, sinó que va quedar tapat. La policia estava disposada a repartir llenya a tothom que s'intentés manifestar. Els periodistes, després d'inundar el barri protegits pels escuts de la poli, es van dedicar a posar-nos a parir posant tot el veïnat en el mateix sac. Jo mai havia vist el meu barri a la televisió. Mai cap periodista s'havia preocupat per mostrar el nostre abandonament, les nostres queixes, això no interessava a ningú; però quan un grup d'exaltats i uns centenars d'ignorants van explotar contra els immigrants, llavors sí que van aparèixer periodistes fins de sota les pedres. El racisme sí que els interessava, el que els importava una merda era saber per què s'havia arribat fins aquell punt. L'únic que volien mostrar les teles a milers d'espectadors era que, als afores de la seva ciutat, hi havia un barri de salvatges que volien carregar de cops els moros. Tot el barri vam quedar com uns racistes de merda. El dissabte que van emetre el reportatge a Informe Semanal, el país sencer va poder dormir tranquil pensant que ells no eren xenòfobs, que els dolents eren uns subjectes miserables que vivien al cul del món.

I els polítics, doncs res. Visites, salutacions, xerrades amb la gent als bars i als carrers amb una dotzena de goril·les protegint-los, moltes fotos i entrevistes i res més. Ells no viuen en un barri obrer.

En resum, en quinze dies es va fer una calma aparent. Qui més qui menys tenia por de parlar, de pensar i fins i tot de viure. Ningú volia significar-se. Mai hi havia hagut tant de silenci. Als bars el soroll de la cafetera era com una alarma i el petar de les fitxes del dòmino sonava com un tret. Una veu de «bon dia» era com un «mans enlaire». Tothom estava molt i molt nerviós. A les botigues les dones anaven a comprar i no s'entretenien en tafaneries. A la placeta no s'hi reunia ningú. Els grups de joves havien emigrat com els ocells i els vells s'estaven a casa i només se'ls veia mirar temorosos per les finestres.

Al barri s'havia imposat la pau per collons.

Jo, com que passava bona part del dia fora, estava força al marge de la situació. A la tarda em quedava a casa o, com a molt, me n'anava a casa la Rosa. I els caps de setmana agafàvem l'autobús i ens n'anàvem a passar les hores al centre, en tinguéssim ganes o no, plogués o fes sol. La qüestió era fugir d'allà. Com a mínim em va servir per aficionar-me a anar al cine.

Però amb el bon temps la gent, farta d'estar tancada als pisos, va tornar al carrer. Sempre s'ha viscut molt al carrer al meu barri, és el nostre hàbitat natural. La gent no es visita a les cases, es troba pel carrer, es relaciona al carrer, viu al carrer. El parell de mesos de la llei de silenci van acabar per insuportables. No es pot fer viure eternament una gavina en una gàbia. Era això.

Aquell estiu va començar d'hora i asfixiant. La calor devia estovar el cervell de molts i el merder amb els immigrants va semblar que s'evaporés amb les darreres frescors de la primavera. A les fogueres de Sant Joan es van cremar molts mals rotllos i, malgrat que no es veien tants magribins pel carrer com abans dels incidents, el barri va recuperar la seva abúlica normalitat de sempre. És clar que tothom, des de l'ajuntament fins a l'associació de veïns, es van esforçar molt a tirar terra sobre el tema.

Però amb la majoria dels meus antics col·legues ja no vaig tornar a intercanviar ni una paraula. Una cosa és que de moment no fessin res i una altra el que seguien pensant. I amb persones de certes idees jo no m'hi relaciono.

Quan va començar a fer calor jo solia anar a buscar la Rosa a casa seva gairebé cada nit per anar a fer una volta, xerrar de les nostres coses i prendre un gelat a l'orxateria que acabaven d'inaugurar i que es va convertir en la sensació de l'estiu. Anàvem una estona a la selva, ens assèiem en un banc, rèiem, criticàvem tot déu, tafanejàvem, fèiem un porret i ens n'anàvem a dormir. La selva era com anomenàvem el parc, inaugurat quatre anys abans, que no havia rebut mai la visita de la brigada de parcs i jardins del municipi i així estava com estava, pobre.

Mentre estàvem parlant com unes cotorres, atropellant-nos, va sonar un soroll per damunt del nostre cap. Primer vam sentir gent córrer. Cridaven de por o de nervis però no enteníem el que deien.

–Són àrabs –va dir la Rosa.

Però gairebé immediatament vam sentir una altra cridòria. Aquesta vegada era un so fort, clar, dur i amenaçador.

–Us matarem a tots, cabrons. Ara que no hi ha tele ni policia ja no sou tan valents.

–Vinga, atreviu-vos a donar la cara, fills de puta.

La Rosa i jo vam saltar del banc desorientades. Aquelles veus eren fàcils de reconèixer per part nostra. Havíem passat massa hores junts als bancs de la placeta. Malgrat la calor jo estava gelada i la Rosa s'estava pixant dels nervis.

–Aquest és l'Andrés, oi?

–Sí, i l'altre és el Juanma.

–Merda, què fem?

No sabíem què fer. Esperar, pregar perquè tot s'acabés en una baralla sense més problemes. Donar la cara i intentar fer valer la nostra condició de senyoretes no anava amb les lleis de carrer del barri.

Vam posar els quatre ulls entre la malesa per observar i el que vam veure no era precisament un espectacle gens bonic.

Eren magribins, és clar. Quatre d'escanyolits i prims, com la majoria, i tenien setze o disset anys. Els pelats eren sis, anaven armats amb bastons i cadenes, eren més grans i més corpulents. Al Juanma jo el veia anar al gimnàs cada tarda i, amb la samarreta ajustada i xandall, marcava uns músculs que semblaven columnes de ferro. L'única possibilitat de salvar la pell era córrer, a això sí que no els guanyaven, però els agressors ho havien previst tot. Els havien arraconat en un extrem del parc i els havien tallat la fugida per darrere.

Com a les pel·lícules de l'Oest. Estaven envoltats.

I en aquella època jo no tenia mòbil.

Ja no hi va haver més amenaces. Els skins del barri, callats tant de temps, van passar a l'acció. Ja ho diuen que la venjança és un plat que es menja fred.

Quan els van tenir a un metre i mig va començar l'atac. La pluja de cops va ser terrible. Cada impacte era un soroll sord, opac, com apagat, però els crits de dolor trencaven el cel. Com era possible que ningú no sentís aquella salvatjada? Feia calor, els veïns estaven al carrer, o com a mínim, tenien les finestres i els balcons oberts. Algú ho havia de sentir tot allò. A no ser que una epidèmia de sordesa hagués afectat tot el barri de cop.

En un moment hi havia ja dos magribins estesos a terra cargolant-se de dolor, com uns cucs. Els atacants, en lloc de deixar-los cada cop s'hi acarnissaven més. Els trepitjaven i no paraven de donar-los puntades de peu. Els dos que seguien drets sagnaven abundosament pel nas. Un dels que era a terra va parar de gemegar, es va quedar quiet, sec, però el Juanma li seguia donant puntades de peu. Algú dels seus li cridava.

–Deixa'l estar, Juanma. Ja ha rebut prou.

Però el Juanma estava com boig. Estava cec de ràbia, sang i violència.

–Deixa'l estar d'una puta vegada que el mataràs.

–Doncs que es mori, el cabró. Així n'aprendran –va respondre l'agressor.

I va seguir colpejant el magribí. Els seus companys

l'observaven impotents i perplexos. Jo també estava perplexa. No havia vist mai una salvatjada d'aquesta magnitud. Em rodava el cap i els ulls semblava que em volien sortir de les òrbites, sorpresos de veure el que veien.

–Vinga, fes tres passes enrere i correm cap al barri pel camí que dóna al parc infantil. S'ha d'avisar la policia –em va ordenar la Rosa amb decisió.

Vaig comptar els passos que feia enrere amb una exactitud innecessària. Era estrany però no podia apartar la mirada del lloc dels fets. Crec que m'atreia el morbo de la fatalitat. O potser sospitava que allò portaria cua, molta cua.

Quan la Rosa va dir «ja!» ens vam girar i vam començar a córrer, però l'Andrés va sentir un soroll, es va girar cap on érem nosaltres i ens va veure. I tant que ens va veure! Sense pensar-s'hi ni un segon va sortir corrents darrere nostre, cridant, insultant. Els segons d'avantatge que dúiem ens van salvar i pocs moments després va parar de perseguir-nos. Suposo que va pensar que ja tindria temps de trobar aquell parell de ties. L'Andrés Pastor López vivia al mateix carrer que jo.

La Rosa i jo vam córrer com esperitades pel camí fosc i ple de brutícia sense mirar enrere i amb el cor que ens sortia per la boca. Mai de la vida tornaré a córrer tan de pressa, encara que m'aprimi deu quilos. Vam córrer i córrer fins als primers fanals del carrer principal. Vam travessar el carrer, vam girar a l'esquerra i ens vam ficar al portal del pis de la Rosa. Ens vam mirar un instant. Estàvem mortes de por, i el pitjor encara havia d'arribar.

Aquella nit les estrelles brillaven amb una força estranya, tel·lúrica.

Camins de por i de pols

8

—NO CORREU, putes. Sé qui sou i us vindré a buscar. Us juro que quan us arreplegui no ho explicareu.

Les paraules de l'Andrés ressonaven encara al meu cap. Ni per un instant vaig pensar que no sabia qui érem i tampoc que no ens busqués per atacar-nos com havia fet amb aquell pobre infeliç. L'únic dubte era saber quan ho faria. Aquella mateixa nit? L'endemà? L'amenaça no ens deixava cap altra opció que no fos fugir, fugir i amagar-nos.

Estàvem assegudes al tram d'escales que anava al terrat de ca la Rosa.

–Estàs segura que l'amenaça va de debò? –va dubtar la meva amiga.

–L'Andrés és prou animal per no dir aquestes coses de broma. A l'institut, un cop que el professor d'història el va suspendre, li va jurar que se'n recordaria, d'ell. Una setmana després van entrar a la sala de professors un parell de matons amics seus, van preguntar pel Daniel i li van trencar un braç. Ningú va gosar dir res.

–I on anem? –preguntava la Rosa tan morta de por com jo, però capaç de mantenir el cap en ordre en una situació com aquella. Estàvem mortes de por pel que acabàvem de veure.

–I jo què sé. Marxem del barri ara. Qui sap si en aquest moment ja ens estan buscant.

–Juana, tia, no tenim on anar.

No vaig poder més i vaig cridar d'histèria.

–Doncs queda't aquí asseguda a esperar que et matin com al moro si vols. Jo me'n vaig. Ja se m'acudirà on pel camí.

Jo suava a raig fet i tenia els ulls injectats de sang. La Rosa em va mirar fixament amb duresa, però un segon després va arrencar a plorar i em va abraçar. Vam estar així uns segons que van semblar dies.

–Anem, tens raó. Fotem el camp abans que no ens trobin. Vaig a deixar una nota als meus pares i a agafar una mica de roba i de diners. Tu no avises els teus?

–El meu pare es lleva molt d'hora per anar al mercat. Li trucaré des d'una cabina. Si sona el telèfon ara, es moren d'un atac de cor.

–Vinga, anem –s'afanyava la Rosa.

–Amb compte. Hem d'anar amb compte perquè potser ja ens estan buscant.

Va agafar una bossa gran, tres mil peles de la cartera del seu pare, dues jaquetes per protegir-se de la fresca de la nit i dos parells de calces.

–Com a mínim que anem netes de baixos –es va justificar.

–No pretendràs que em posi unes calces teves. No m'hi cap ni una cama –vaig respondre gairebé rient.

–I què vols que et digui. T'hi emboteixes com si fossis una botifarra. A sobre que penso en aquests detalls –va respondre una mica mosca.

Vam obrir la porta del carrer amb cautela, però no se sentia ni un mosquit. Vam mirar a totes bandes, fins i tot a través dels vidres dels cotxes, no fos cas que s'haguessin amagat darrere d'algun. Res.

Vam sortir en direcció nord. El carrer es convertia en un camí polsegós i fosc un centenar de metres més endavant. Cada pas ressonava com un tro. Em feia l'efecte que tot el barri ens sentia i que darrere les finestres hi havia centenars d'ulls mirant com fugíem.

–Què és aquest soroll? –vaig preguntar a la Rosa.

–Jo no sento res.

–Sí, és com una espècie de tam-tam sord, com si algú de lluny toqués el timbal.

La Rosa es va aturar. Vam restar uns segons en absolut silenci, fins que va venir cap a mi i em va posar la mà al pit.

–No és cap soroll, amiga. El que sents és el teu cor, que sembla que t'hagi de fugir del pit.

Un cop arribades al camí i a la foscor, el tam-tam va semblar que es calmava i la meva respiració va recuperar de mica en mica un cert ritme normal. Vam caminar uns deu minuts emparades per una lluna minvant sense aturar-nos més, fins que el camí es va convertir en un senderó que pujava entre antics camps de conreu abandonats. El nostre barri era ja una resplendor que, amb la boirina nocturna, semblava una pintura impressionista, com la nebulosa d'un somni. Era com si tot el que ens estava passant fos un relat irreal, un conte d'insomni estiuenc.

–No miris enrere o et quedaràs convertida en estàtua de sal –va dir la Rosa per fer-me fora els mals pensaments del cap.

Sabia en què estava pensant, és clar, en el mateix que ella.

Al cap de mitja hora vam arribar a dalt de tot del turó i el camí es bifurcava. Jo estava rendida, la Rosa no tant. Ella anava més lleugera.

–Vinga, hem d'arribar a les vies del tren, com a mínim.

–Segueix tu, jo ja no puc més. Em quedo aquí i quan claregi ja veuré –vaig respondre.

–O sigui, que m'emboliques perquè fugim i ara pretens deixar-me tirada enmig del no-res. Quin morro!

–Estic feta pols, Rosa. Tu estàs prima i àgil, i jo estic feta una foca i no puc amb el meu cos.

–Mai és tard per començar-te a aprimar.

Em va agafar per la mà i literalment em va arrencar del lloc on m'havia quedat clavada. Una mica més i m'arrenca el braç.

–Bèstia!

Vaig agafar un grapat d'herbes i les hi vaig tirar per l'esquena. Es va girar, em va treure la llengua i va arrencar a córrer. Instintivament jo vaig córrer darrere d'ella fins a quedar-me sense alè. Havíem arribat gairebé a les vies.

–Marrana, has aconseguit fer-me venir fins aquí –li vaig dir de broma.

Les vies, com nosaltres les anomenàvem, eren més que un parell de carrils. Era el punt on es bifurcaven les dues línies principals de rodalies que sortien de la ciutat cap al nord. Hi havia un parell de magatzems abandonats, lloc de jocs dels nens i refugi de vagabunds i una caseta on, abans que s'automatitzessin els canvis de via, hi devia passar moltes hores algun guarda encarregat de desviar els trens manualment. La Rosa va empènyer amb força la porta de la caseta, que va cedir amb facilitat.

–Estic feta pols, final de l'etapa –va dir, encenent la llanterna per veure què hi havia allà dins.

El lloc feia una pudor de pixum insuportable. Era una cambra llòbrega, bruta, amb una taula en un racó, un parell de cadires mig trencades i una cuina i una pica en un racó.

–Uix, quin fàstic!. Jo no em quedo aquí –vaig dir, sense pensar que era la nostra única oportunitat de descansar una mica.

–Potser la senyora s'estima més la cambra nupcial?

Llavors em vaig adonar que estava fotent la pota tota la nit. No feia més que criticar la Rosa quan, si de moment havíem aconseguit salvar la situació, era gràcies a ella i a les seves iniciatives. Em vaig desplomar en una de les cadires i li vaig demanar perdó.

–Ho sento, Rosi. Perdona, però no sé ni què dic.

Vaig encendre l'enèsim cigarret de la nit. Tenia la gola seca i l'alè amarg.

–No pateixis. Com et penses que estic jo? El que passa és que a mi els nervis em produeixen hiperactivitat, per això tinc tantes idees i camino tan de pressa, però ara mateix estic morta.

Cap de les dues podíem més, però no ens volíem adormir per por que algú ens descobrís, ja fos l'Andrés i els seus col·legues, algun rodamón o els treballadors de la RENFE; però deu minuts després ens havíem quedat fregides damunt de la taula llardosa. La claror del dia em va despertar i, malgrat que tot estava en calma, em vaig despertar sobresaltada. Per un instant no recordava on era, ni com havia arribat a aquella barraca fastigosa entre les vies. Era un malson o era la realitat? Devia ser la realitat, perquè em feia mal tot el cos. Ens havíem adormit amb les mans entrellaçades. Tenia el braç dret com de suro i un formigueig intens em punxava tots els músculs com un corrent elèctric. La Rosa dormia com un tronc.

–Rosa, s'està fent de dia, ens hem adormit.

La meva amiga també es va sobresaltar. Li vaig estrènyer la mà que encara tenia agafada i amb l'altra li vaig acariciar la cara. Va obrir un ull, em va mirar i es va calmar, suposo, i va dibuixar un lleu somriure. Va ser el millor moment que havia viscut en moltes hores.

–Bon dia –va dir.

I la cara se li va il·luminar al sentir-se segura, lluny de l'horror de la nit anterior. Un instant després va passar un tren de rodalies ple fins dalt de gent amb cara de son i fastiguejada de la vida per haver d'anar a treballar.

–Són tres quarts de set. Hauria de buscar un telèfon per parlar amb els meus pares abans no avisin la policia –li vaig recordar.

–Anem al polígon que hi ha a l'altra banda de les vies. Em sembla que hi ha una cabina davant d'un bar. El meu cosí Miguel havia treballat allà.

Vam passar per un forat que hi havia a la tanca, vam saltar una paret baixeta i en tres minuts vam ser als carrers del polígon. El sol començava a poc a poc a incendiar l'asfalt. Davant el bar hi havia un grup d'obrers fent els primers cigarrets del dia. Vam esperar un parell de minuts que marxessin. A les set del matí els carrers d'una zona de fàbriques no són el lloc més adequat per a dues adolescents.

Les mans em tremolaven mentre marcava el telèfon de casa. El meu pare va despenjar amb un eixut «digui» d'emprenyat i molt nerviós.

–Estic bé, papa, no pateixis, estic amb la Rosa.

Li vaig explicar per sobre què havia passat, les agressions, les amenaces i qui era aquell element, però el meu pare no entenia per què havíem fugit en plena nit. Sostenia que la meva obligació era explicar-l'hi a ell i que la família hagués decidit. Per a segons quines coses el meu pare era un gitano fet a l'antiga.

–Papa. No es tracta d'un conflicte entre clans gitanos. És un problema del món paio i només es pot resoldre a la seva manera.

–Doncs vés a la policia.

–I que després enviï un dels seus amics a matar-me per xivata? Deixa'm fer a mi, sisplau. Ja us aniré trucant.

–On ets, que vinc ara mateix a buscar-te a tu i a la teva amiga –va respondre.

I no vaig tenir més remei que penjar. Dos llagrimots com dos cigrons em van caure quan vaig explicar la conversa a la Rosa. Ella es va estimar més no trucar a casa seva per evitar mals majors. En la nota que els havia deixat els ho explicava més o menys tot, i jo havia demanat al meu pare que digués als seus que estàvem bé. Encara que si poguéssim menjar alguna cosa i prendre un cafè estaríem millor.

Al cap de deu minuts no quedava ningú al bar i fins a l'hora del bocata allò estaria tranquil. A més, el tipus del bar estava mig adormit i no ens va mirar ni la cara que fèiem. Mai un cafè amb llet i un pastisset industrial havien sigut un àpat tan exquisit. Al lavabo em vaig rentar la cara, però de canviar-me les calces ni parlar-ne.

–No pateixis, que amb aquests nervis t'aprimaràs –va dir la Rosa, bromejant.

–Doncs tu semblaràs una radiografia –li vaig tornar la broma.

Al final del polígon hi havia un camp abandonat amb garrofers. Ens vam asseure en un tronc caigut per meditar els nostres pròxims passos. Què calia fer?

Aquell matí, assegudes en aquell tronc, fumant tranquil·lament i deixant volar les nostres ments, a falta d'una cosa millor per fer, no tenia la consciència exacta de l'embolic en què estàvem ficades. Per un moment em vaig imaginar que estàvem en una d'aquelles excursions que fèiem temps enrere amb el nostre grup abans que el barri es trenqués en mil bocins; perquè els atacs als immigrants havien trencat el barri per sempre, no només entre ètnies i comunitats, sinó fins i tot entre els mateixos veïns que hi vivíem des que havíem nascut.

Aquella situació em provocava una mena de sensació d'abandonament, que primer m'havia ferit en el més profund del cor, però que ara em resultava gairebé còmoda. Potser aquell episodi serviria perquè pogués tallar una vegada per totes el cordó umbilical que semblava que em lligava secretament i per a tota la vida al barri. O potser només es tractava d'un vertigen emocionant, com quan t'enfiles a les muntanyes russes i notes aquelles pessigolles a la panxa. O potser era només una mena d'inconsciència juvenil.

Ara tot allò m'importava un rave, igual que l'Andrés, els seus amics, les amenaces i totes les coses que preocupaven la humanitat.

En aquell instant el meu lloc en el món era aquell. No sabia, no pensava, no actuava. Tenia la ment en blanc i la vista ennuvolada pel fum del tabac. A l'ombra d'aquell garrofer, amb la Rosa al costat, en silenci, s'hi estava bé. Com feia anys que no m'hi sentia. Era casa meva, en aquell matí de juliol, i no en volia cap altra.

9

VAM ESTAR ASSEGUDES allà fins al migdia. Havíem de planificar els nostres moviments, pensar què faríem cada minut si volíem sortir ben parades d'aquell merder, però l'únic que fèiem era deixar passar una hora darrere l'altra mirant les musaranyes.

La Rosa havia fet un ram amb algunes herbes i un parell de flors esquifides que havia arrencat d'un lloc on algú havia abocat uns pots amb residus industrials, sense importar-li gens si contaminava el terreny o no; o sigui que les flors probablement eren autèntics monstres alimentats amb resines o dissolvents.

–Si aquest garrofer ha de ser casa nostra, vull donar-li el meu toc personal –va dir.

Vaig anar a buscar uns entrepans al mateix bar del matí. Encara era d'hora i no hi havia gaires parroquians dinant, però els pocs que hi havia em van repassar de dalt a baix.

–Què passa, tinc micos a la cara o què? –vaig dir, decidida.

–El que tens és un cos que em posa a mil –va cridar com una peixatera el més vell del lot.

–Tu, avi, hauries d'estar al club del jubilat, i no a la fàbrica –vaig dir.

–A l'home se li va glaçar el somriure, però els altres es pixaven de riure.

–Aquesta joventut ja no respecta res, eh, avi? –li va dir el veí de taula consolant-lo.

Jo tenia una fam que m'alçava, o sigui que de bona gana m'hauria quedat a menjar amb aquells obrers encara que em despullessin amb la mirada. Vaig pagar, vaig agafar els entrepans i una ampolla d'aigua i vaig tornar cap a «casa nostra». La resta de la tarda va passar com si viure en aquell bosc fos la cosa més normal del món: vam menjar, vam recollir les restes, vam fer la becaina i vam tornar al bar a prendre un altre cafè. No quedava ningú a aquella hora al polígon i al bar estaven a punt de tancar. El cambrer no va poder resistir la temptació de preguntar-nos què fèiem per allà, perquè en un dia ens havia vist tres vegades. Jo em vaig quedar paradíssima, però la Rosa és de reaccions ràpides.

–El meu oncle és el propietari dels tallers Asiain. Estem fent una feina i volem acabar-la en un parell de dies, per això encara som aquí a aquestes hores.

La Rosa era única fotent boles. Per complexes i increïbles que poguessin ser. El posat seriós, la mirada a la cara de l'interlocutor i la manera tan natural d'actuar feien que l'oient s'empassés la història com si fos la cosa més natural del món. I el del bar no va ser una excepció. Jo, per sort, ja havia après a desconnectar i deixar-la fer, perquè les primeres vegades m'agafaven unes ganes de riure brutals i, per culpa meva, es descobria l'engany.

–Doncs vigileu, que de nit aquí no hi queda ningú i

vés a saber qui corre per aquests carrers tan deserts –va respondre amb cara de preocupació el cambrer.

–No pateixi. El meu oncle ens vindrà a buscar d'aquí a una hora. Ja el deu haver vist, és un home d'uns cinquanta anys i cabell grisós, que condueix un Mercedes platejat descapotable.

–Sí, i tant que sé de qui es tracta –va mentir ell.

Vam sortir del bar sense esperar més preguntes, ja havíem dit prou bajanades. El que havia deixat clar el noi era que el polígon, a la nit, no era un lloc segur. Vam dir adéu a la nostra llar sota el garrofer i vam començar a caminar un altre cop sense cap destí concret. El fart de riure amb la història de l'oncle empresari ens va acompanyar una bona estona, però quan es van acabar les rialles seguíem sense saber on anar. Només sabíem que ens allunyàvem cada cop més de la ciutat.

–I si tornem de nit a donar un cop d'ull al barri? –va suggerir la Rosa.

–I què? Si no t'assalten, et violen i et maten, et quedaràs tancada a caseta la resta dels teus dies? –vaig respondre.

–No. Podem anar a buscar roba i alguna cosa que ens faci falta, ho posem en una motxilla i ens perdem una temporada. Podem anar al poble dels meus pares, estaran contents de veure'm, ja no deuen ni recordar la cara que tinc.

–Ja. El que passa és que, si vaig per casa, el meu pare em lliga a la pota de la taula i no em puc moure d'allà fins que em matin els skins o ell mateix. Si haguessis sentit l'emprenyada que portava.

–Ai, Juana. No siguis tan bèstia! I si s'han oblidat de nosaltres?

–D'un dia per l'altre? Aquests tenen massa sang al cap per oblidar-se d'una cosa així només emborratxant-se i dormint la mona.

–Doncs jo necessito rentar-me i canviar-me de roba. A més em vindrà la regla d'un moment a l'altre –va anunciar la Rosa amb solemnitat.

–Que bé, com a mínim sabrem que no estàs embarassada –vaig dir sense cap consideració.

La Rosa es va mossegar el llavi per no dir-me alguna cosa gruixuda, que m'ho hauria merescut. El dia radiant havia deixat pas a un capvespre fresc i humit i el capvespre a una nit tancada amb un vent fresc que es filtrava entre els porus de la jaqueta de punt que m'havia deixat la Rosa i que, evidentment, em venia molt petita.

Vam caminar com autòmats, sense destí. Vam travessar més polígons industrials, rieres pudentes on és impossible la vida animal i vam creuar autopistes per estrets passos inferiors plens de cagarades, escombraries i llot. No hi havia cap lloc bo per aturar el nostre caminar de refugiades. Era gairebé mitjanit quan vam arribar a una petita carretera de muntanya.

–Ja sé on som. Per aquí hi passo amb el meu pare per anar a un dels mercats. Aquesta carretera travessa els turons que tanquen la ciutat. Podríem buscar un lloc sec i arrecerat per dormir una estona –vaig dir, presa d'un instant d'eufòria.

La Rosa es va limitar a assentir. Ella també estava cansada i, a més, no es trobava gaire bé. Hi ha qui quan té la regla es troba molt malament. Jo no. Si no hagués estat per la taca no me n'hauria ni assabentat, però la Rosa hi havia mesos que fins i tot tenia febre. Només pregava perquè aquest no fos un d'aquells mesos.

–No puc més, Juana. Les cames no m'aguanten i tinc el cap com un timbal. Ho sento.

De lluny se sentia un cotxe que pujava per la carretera. Uns metres més enllà sortia un camí de terra que s'endinsava al bosc. Vaig estirar la Rosa com havia fet ella amb mi la nit anterior. No volia que ningú ens veiés caminar per la carretera a aquelles hores. Em va seguir gairebé arrossegant-se, plorant de mal. Vam entrar al camí un parell de segons abans que els fars del cotxe il·luminessin el terreny on havíem estat. L'espessor del bosc ens protegia. Ens vam asseure sota els pins sense dir res. Només se sentia xiular el vent.

–Ens quedarem aquí, si et sembla. Els arbres són espessos i ens protegiran del fred –vaig dir.

Però quan em vaig girar cap a la meva amiga em vaig adonar que estava plorant. Em vaig posar al seu costat i la vaig abraçar amb força, com només fan els amants i les amigues de veritat. Estàvem soles, enmig del bosc i de la nit. L'únic que teníem era l'una a l'altra. Ens sentíem molt desemparades. Jo també vaig plorar fins que les nostres llàgrimes es van fondre en un únic riu de tristesa per la situació i d'emoció per l'amistat que sabíem que, amb aquell acte, quedava segellada per sempre. Sense desfer-nos de l'abraçada ens vam estirar sobre la fullaraca dels pins i ens vam quedar profundament adormides. Ja no sentíem el fred.

Quan els mil i un sorolls de la vida del bosc ens van despertar, el sol començava a enviar els primers raigs a través del verd intens del sostre de la nostra alcova.

Mentre feia el mandra i movia els músculs per entrar en calor i espolsar-me la fullaraca vaig tenir una idea.

–Ja ho tinc. Anirem a viure amb el meu cosí José.

–Qui és el cosí José? Com saps que li semblarà bé que ens instal·lem a casa seva? On viu? –va disparar la Rosa.

El meu cosí José, en realitat, és cosí segon de la meva mare. Una mica llunyà, però sempre hem tingut bones relacions. Les famílies gitanes sempre tenen bones relacions per llunyà que sigui el parentiu. O sigui, que li semblaria la cosa més lògica del món que la seva cosina li demanés auxili encara que fes un any que no la veia. El José es dedicava a buscar ferralla i objectes inservibles per vendre'ls a diversos magatzems i fàbriques. Vivia en una caravana al poblat gitano que hi havia al riu des de feia un parell d'anys.

–I pretens anar a viure a una barraca? –va dir la Rosa, sorpresa.

–No hi veig cap mal. Sempre és millor que viure al bosc. A més, no és una barraca, és una caravana que té de tot, fins i tot tele.

–Sí, però... Ho sento, Juana, no és que tingui manies ni res per l'estil, però estàs segura que a la resta de gitanos els semblarà bé que s'instal·li una paia a viure amb la seva gent?

–Doncs si no els sembla bé s'hauran d'aguantar, perquè el que és tu i jo anem cap allà ara mateix. Estic farta de voltar tot el dia sense destí.

Vam caminar tota la carretera fins al poble que

quedava a l'altra cara del turó. Enrere deixàvem la ciutat i amb ella el nostre barri. Fins quan? Ni tan sols Déu ho podia saber. I si ho sabia, no podia entendre per què deixava que passessin coses com la que ens estava passant a la Rosa i a mi. Anàvem per camps cap a l'estació de tren.

–Tu ets religiosa, Rosa? –vaig preguntar sense més.

–Doncs, doncs no gaire. La veritat és que no estic per bestieses d'aquest tipus. Prou fotuda és la vida aquí a baix per haver de pensar en la d'allà a dalt. Per què ho dius? Que potser és molt religiós el teu cosí?

–Bé, ja saps com som els gitanos. Una mica religiós sí que ho deu ser, però no pateixis que no ens donarà la llauna.

Quatre estacions més al nord per aquella línia de rodalies podíem baixar. El baixador no quedava lluny del riu sec on el grup de gitanos havia instal·lat el campament. El que va començar sent un assentament provisional per un parell de setmanes, s'havia convertit, vint-i-quatre mesos després, en una autèntica ciutat nòmada. En aquell moment eren més de cinquanta les caravanes que hi havia parades en el terreny pla que, si es desbordava el riu en una pluja torrencial d'aquelles d'estiu, s'ho enduria tot avall.

Hi havia gitanos de mig Europa. Gent sense res a qui les guerres dels Balcans, la gana i l'esperança que a Occident les coses anaven millor, els havien empès a carregar els quatre trastos en furgonetes atrotinades i aventurar-se en trajectes de tres o quatre mil quilòmetres, total per anar a parar al llit d'un riu sec, pudent i ple de contaminació a l'Europa dels rics.

En més d'una ocasió l'ajuntament els havia demanat que marxessin d'allà, i ells havien respost que ho farien quan se'ls oferís un altre terreny. Però el que va passar no és estrany: a cap zona d'aquell municipi ni dels municipis del voltant no volien un campament gitano prop de les cases, encara que la proximitat fos més psicològica que real. Es va intentar de totes les maneres: oferint contraprestacions, assegurant per escrit la realització de millores a tal o tal altre barri, garantint la presència d'una patrulla de la policia les vint-i-quatre hores del dia, però ningú donava el braç a tòrcer. En aquella comarca industrial que s'havia enriquit gràcies a una antiga immigració tan miserable quan va arribar com l'actual, ningú volia ara un grup de gitanos.

Els veïns afectats es van plantar davant de l'ajuntament i van amenaçar amb assaltar-lo i fer una vaga de fam indefinida i no sé quantes barbaritats més si es prenia la decisió d'instal·lar el campament al seu barri. Les coses, doncs, estaven en un punt mort, perquè l'alcalde no gosava fer cap pas.

Vam arribar al campament cap a migdia. A la Rosa el paisatge li va fer una mica d'angúnia. No veia gaire clar allò d'instal·lar-se en un campament gitano. És clar, no era el lloc més meravellós del món. Hi havia ferralla pertot arreu, i força brutícia, pròpia i aliena, fogueres, cotxes mig desmuntats, caravanes atrotinades pels anys, les pluges i els quilòmetres, desenes de nens de mig món que ens acompanyaven mirant-nos amb curiositat amb els seus ullassos tan negres. Un d'ells ens va guiar fins a un dels racons del campament més a la vora del riu, un lloc pestilent.

En aquesta situació vivia el meu cosí José amb la dona, una valenciana simpàtica i menuda anomenada Chelo, i les dues filles, tan menudes i morenes com la seva mare. Vivien en una caravana vella amb una vela ratada sota la qual hi havia una taula i quatre cadires de plàstic, una cuina de gas, un lloro en una gàbia gegant i muntanyes de caixes que feien de rebost.

El meu cosí no hi era, però malgrat la precarietat del lloc i que gairebé ni es recordava de mi, la seva dona ens va acollir com si fóssim a casa nostra. Les nenes mig dormien en un llit a l'ombra d'una figuera. Li vam explicar el que havia passat i que feia dos dies que voltàvem pels afores de la ciutat.

–Doncs el més urgent és que us prepari alguna cosa per menjar i descanseu.

Bé, al principi ens hi vam resistir, per cortesia, però vam acabar devorant un plat de patates com si fos la menja més exquisida que havíem tastat mai. I després, no ho sé, només recordo que em vaig estirar una estona i que em vaig despertar que ja era fosc.

–Bon dia, dormilegues –ens va dir el José des de fora.

El meu cosí arreplegava ferro i tot tipus de metall, el classificava, el carregava a la furgoneta i el portava a vendre a diversos magatzems. Amb allò podia guanyar màxim tres mil peles per viatge. Al darrere de la casa hi havia una muntanya de ferros que esperaven la seva destinació. Per Nadal canviava el ferro per les ampolles de cava, que recollia i portava a les embotelladores. Era més feina però estava més ben pagada. I així sobrevivien tots quatre mentre no els fessin fora d'aquell lloc.

I des d'aquell moment, a més, nosaltres dues. La Rosa no ho tenia gaire clar, però de moment era l'única opció. A més el meu cosí es va oferir per anar fins al barri, fer una volta i veure com anaven les coses i parlar amb el meu pare.

–Que el teu pare és molt bon home, però una mica caducat –va dir rient.

10

EL DIA SEGÜENT el vam dedicar a ajudar la Chelo amb les nenes i la casa. Se'ns feia estrany anomenar casa la vella caravana, però al cap i a la fi era la casa dels meus parents i allà vivíem.

La Rosa va anar a l'única font que hi havia en tot el campament a omplir un gibrell perquè les nenes es poguessin banyar. La calor començava a castigar i allà no hi havia més ombra que la de la vela de la caravana i la figuera. Jo vaig ajudar la meva cosina a fer la bugada primer i el gaspatxo després. El José no tornava fins al vespre, però així ja el tindríem fet. Quan va arribar el meu cosí i ens va explicar el que havia sentit per la ràdio ens van passar les ganes de menjar.

–A la ràdio han dit que han detingut dos nois dels que van apallissar els moros del vostre barri.

–Han dit qui eren? –vaig dir pensant en l'Andrés.

–No. Han dit que un havia mort ahir a l'hospital i que els altres tres companys encara estan ingressats amb diverses ferides.

Ens vam quedar mudes pensant en els motius pels quals un home pot matar-ne un altre. Va ser una agressió sense sentit, la violència per la violència, sense més. Segur que va començar mig en broma, van beure i fumar i van decidir donar una lliçó als magribins com qui decideix anar al cine a passar la tarda. Es van encegar amb els pobres nois, la sang els va encegar més encara i mira com va acabar tot. Una desgràcia.

–Doncs als dos que han detingut els caurà el pèl –va dir la Rosa.

–O no, fia't de la justícia dels paios –va dir la Chelo llegint el pensament de les altres.

Les nenes ens miraven atentes. Notaven que allà passava alguna cosa, perquè els grans s'havien posat seriosos.

–Els dos detinguts han declarat que ells no van ser els que van pegar el noi que va morir. Diuen que ells només li van donar algunes empentes i que van intentar convèncer el seu company que el deixés en pau quan la víctima estava estesa a terra –va seguir dient el cosí.

–Ja, el de sempre –vaig dir.

–Sí, però hi ha més coses i tenen a veure amb vosaltres –va prosseguir en José. Els dos detinguts han declarat que pretenien escarmentar els moros perquè dues noies del barri els ho havien demanat. Diuen que un havia intentat violar una noia i que ells no podien permetre que un àrab fes això a una espanyola. Han donat la vostra descripció per la ràdio i la policia us busca per interrogar-vos.

Si el cel m'hagués caigut sobre el cap no m'hauria fet tant de mal. Evidentment era la venjança de l'Andrés i companyia. Tant de bo els caiguessin mil anys de presó. Vaig començar a plorar. Eren llàgrimes d'impotència i de ràbia davant la situació tan injusta. Llàgrimes amargues que sortien a raig dels meus ulls. Com una explosió. La Rosa estava més serena, aparentment.

–Que cabrons. Que fills de puta –repetia amb la mirada perduda enllà de la caravana, la ferralla i els cotxes fets pols.

–Potser es pensen que vosaltres els heu denunciat i ara es volen venjar –va dir la Chelo.

–I què fem? No podem anar a la policia i dir-los: miri, senyor, nosaltres no hi tenim res a veure, és cosa d'aquests racistes de merda –vaig dir entre plors–. Som una gitana i una paia pobra, dues adolescents sense res ni ningú que ens protegeixi. Qui ens creurà? A la policia ja els va bé aquesta història, així tenen el cas resolt i queden bé amb els polítics i tota la tropa de periodistes carronyaires.

–I a més no ens podem moure del campament. Si han donat la nostra descripció per la ràdio, qualsevol persona que ens reconegui ens pot denunciar –va sentenciar la Rosa.

–Hòstia, quina merda –va sospirar la Chelo.

–Avui mateix al vespre aniré a veure el teu pare, a veure què se'ns acut i per tranquil·litzar-lo, que deu estar com una moto –va dir el meu cosí.

–I si la poli vigila la casa? Seria lògic que ho fessin, no? Per si intentem anar per allà. Si tu hi vas, potser et seguiran i ja ens hauran trobat. Si pots és millor que vagis demà al mercat. Allà passaràs més desapercebut.

–D'acord.

Vam servir el sopar però jo havia perdut la gana i el gaspatxo no se'm va posar gens bé. Vaig estar tota la nit marejada donant voltes pel llit. A les tres del matí ja no podia més i em vaig llevar. Vaig sortir de la caravana i em vaig asseure en una de les cadires de plàstic a fumar i a mirar el cel. Sense lluna era tot més negre que el nostre futur.

Al cap d'una estona vaig sentir moviment dins la caravana i vaig veure que la Rosa treia el cap.

–Què fas aquí fora, agafaràs fred –va dir amb els ulls mig tancats i la veu ronca.

–No puc dormir. Com a mínim aquí estic tranquil·la.

La Rosa va treure una manta, es va asseure al meu costat i ens vam tapar totes dues. Vam estar molta estona sense dir res, la mirada perduda i absortes en els nostres pensaments. La Rosa va fer l'última pipada al cigarret i va parlar.

–Saps què, ens passi el que ens passi, serem amigues per sempre, inseparables, com germanes, què dic, més que germanes, d'acord? Si sortim d'això ben parades serà com haver tornat a néixer i serem de la mateixa sang, res de paia i gitana. Buscarem un pis lluny del barri i viurem juntes. I si pringuem i anem a la presó ens defensarem i ens ajudarem. I si una de les dues pateix serà com si patíssim les dues. Què et sembla?

A cada paraula de la meva amiga jo premia més fort la seva mà. Era la meva forma de dir que sí, d'agrair-l'hi tot, que volgués ser la meva amiga, que fos tan noble com era, que volgués estar amb mi a les verdes i a les madures.

–Ens en sortirem, Rosa. Juntes som fortes i aquests imbècils de pelats no estan units, són dèbils i els vencerem. Encara no sé com ho farem, però ho farem. No en dubtis. Juntes. I quan tot això s'acabi marxarem del barri per sempre.

Em va fer un petó i no ens vam dir res més. La son ens va vèncer i vam tornar als nostres improvisats llits. Vaig somiar que anàvem totes dues en un cotxe gros conduint per un carretera molt llarga, recta, sense cap paisatge als costats. L'aire calent entrava per les finestres abaixades i el soroll de la turbulència ens impedia sentir res del que dèiem. Conduïa jo, gas a fons durant hores interminables. De cop i volta la carretera era com una serp entre penya-segats. Ja no podia córrer tant i ja no entrava tant d'aire, però la Rosa cridava que gas a fons. Jo li deia que era perillós, però ella arronsava les espatlles i deia «I què! Som amigues per sempre, oi?» Gas a fons i el cotxe va sortir de la carretera. Va saltar netament cap al buit infinit. El barranc era tan profund que amb prou feines es va sentir res quan el cotxe es va estavellar contra terra.

Em vaig despertar suant i amb el pols alterat. No passava res, no havia caigut per cap precipici. Estava dormint a la caravana del meu cosí José, començava a clarejar i la meva amiga Rosa dormia plàcidament al meu costat. Quina nit!

Quan em vaig llevar, estava destrossada, com si realment hagués caigut per un barranc. La Rosa, en canvi, estava tan fresca que feia honor al seu nom. Vaig indicar al meu cosí quin era el mercat on podria trobar el meu pare aquell dia.

–Digue-li que estic bé, en bones mans i que no s'enfadi, que no he fet res de dolent. I dóna-li aquesta carta per als pares de la Rosa.

La resta del dia va ser com el dia anterior. Les nenes, fer els llits, preparar una mica de menjar. L'únic que vam fer diferent va ser anar a saludar alguns amics que els meus cosins tenien al campament. Per cert, vam descobrir un noi romanès de la nostra edat que estava boníssim; moreno, nas de ganxo, fort, ulls d'aquells que miren fins al fons de l'ànima. Uf!, quin exemplar de mascle..., però com que no enteníem res del que ens deia, ho vam deixar estar.

–Si un dia totes dues ens enamorem del mateix home, què passarà? –va preguntar la Rosa–. Trencarem la nostra amistat?

–Els tios estan bé per una estona, les amistats són per sempre. Que vagin a passeig ells –vaig respondre convençuda.

–Sí, però la tia que passi una estona amb aquest pavo el recordarà mentre visqui.

–Vés a saber, potser és un avorrit de la vida.

–O més racista que un skin, o d'aquests que només estan pel futbol i la tele.

–O dels que peguen la dona i la tenen tot el dia a la cuina com si fos la minyona.

–Nena, tu els trobes alguna cosa bona als homes?

–Per una estona, ja t'ho he dit.

O sigui que la nostra declaració de principis sobre el tema va quedar tancada d'aquesta forma tan contundent. Llavors no érem conscients que tan masclista era la idea que la dona havia d'estar tot el dia netejant i cuinant, com pensar que l'única relació suportable amb els homes consistia en una estona de llit. Parlàvem per parlar, és clar. Però això vam trigar una mica a descobrir-ho. Perquè el que estàvem descobrint en aquells dies convulsos era el sentit profund i real de l'amistat. I com que aquesta sensació era tan forta, la resta de relacions humanes ens quedaven empetitides, pobres i sense gaire sentit.

Al vespre el José va portar bones notícies. Ja era hora!

–El teu pare t'envia un petó molt fort i diu que, sabent que estàs amb mi, està molt més tranquil. I que aquesta tarda anirà a veure els pares de la Rosa, els donarà la carta i els dirà que no pateixin, que les seves filles no han fet res de dolent i estan ben protegides per la família.

–Ho veus com els gitanos a la família li donem un sentit i una força que els paios esteu perdent –vaig dir a la Rosa.

–El teu pare estava molt preocupat fins que hem parlat. La policia va anar ahir a casa seva i el va crivellar a preguntes. Ell va repetir un i mil cops que no sabia res de cap de les dues, però els policies no s'ho van creure i ara hi ha un cotxe patrulla davant de la porta nit i dia. A ell li agradaria venir-te a veure, però...

–Val més que no. El podrien seguir i ens agafarien com dues rates –vaig dir.

–Doncs això –va sentenciar el cosí.

El meu pare va aprofitar la visita del José per donar-li una mica de roba de la parada per a totes dues. Eren uns conjunts moníssims i molt de moda, que la pobra Chelo mirava de reüll amb una mica d'enveja. El meu pare venia calces i sostenidors, però no qualsevol porqueria. Ho tenia tot molt bo i bé de preu. Vaig agafar un conjunt i el vaig regalar a la meva cosina.

–Per a tu també n'hi ha, maca. Aquí es reparteix tot entre els parents, el bo i el dolent.

La Chelo ens va fer dos petons i es va aixecar per anar-se a emprovar la roba. Només va dir una frase, però va emocionar molt la Rosa.

–Gràcies, aquesta és casa vostra.

Després de sopar el cosí va treure una guitarra i va tocar unes quantes rumbes. Era molt bo fent el ventilador amb la guitarra, que era el ritme genuí de la rumba. Van cantar algunes rumbetes antigues però molt maques. Parlava de l'amor d'homes que anaven a la deriva fins que trobaven la dona de la seva vida i d'homes que demanaven perdó a la dona per haver estat tan necis i haver-se deixat perdre per la beguda o el joc.

–Això ho cantava el Pescadilla –va dir.

Ens va fer gràcia el nom, no n'havíem sentit a parlar mai.

–Era el marit de la Lola Flores. Aquesta sí que la coneixeu, no? La mare de la Lolita, l'Antonio i la Rosario. Doncs, bé, tot el que va ser com a *cantaora* ho devia al seu marit, Antonio González, conegut entre els gitanos com el Pescadilla. Ell i només ell va ser l'autèntic pare de la rumba que es toca avui. El Pescadilla havia nascut a Gràcia, un barri popular de Barcelona, i va ser un orgull per al poble gitano.

Dit això, va fer un glop de vi espès i fort, va rascar amb força les sis cordes de la vella guitarra i va engegar una rumba que parlava precisament d'històries dels barris obrers i populars d'una gran ciutat. Com el nostre.

La Chelo es va arremangar la faldilla i va ballar com posseïda per l'embruix de la música i la nit estelada. Al cap d'una estona la Rosa i jo ens hi vam afegir. El noi romanès ens mirava des de lluny somrient i picant tímidament de mans. El vam convidar a unir-se al ball, però va fer que no, va fer un parell de passes enrere quan la Rosa va fer l'intent d'anar-lo a buscar i quan va intentar agafar-lo per la mà va desaparèixer en la nit.

Tanta por li fèiem? O és que havia sentit i entès la nostra conversa de la tarda?

11

–*AGUA, que vienen los maderos!*

–Què crida aquest home? –va dir la Rosa.

Però no va caldre cap resposta. La resposta a l'interrogant venia pel camí aixecant gran polseguera. Eren mitja dotzena de Nissan de la Guàrdia Civil que no venien precisament a presentar els seus respectes al personal. Dos cotxes es van plantar a l'entrada i els altres quatre es van desplegar en semicercle de manera que els gitanos quedaven tancats entre els vehicles i el riu pudent. Després d'uns moments de tensió entre tricornis i gitanos, es van plantar cara a cara mirant-se amb duresa. La veu metàl·lica d'un megàfon va vomitar:

–Senyors, tenim ordres de desallotjar aquest solar. Els donem una hora perquè agafin les coses i marxin. En cas contrari, procedirem a desallotjar-los per la força. M'han sentit?

Un home gran, un gitano vell amb la pell arrugada i cremada pel sol, barret d'ala ampla i jaqueta de llana malgrat la calor d'aquell matí de juliol, va fer un pas endavant i va adreçar-se al guàrdia civil que havia parlat.

–Em pot ensenyar l'ordre de desallotjament? –va demanar, molt educat.

L'altre es va limitar a treure dos papers molt plegadets que portava a la butxaca de la guerrera i mostrar-los a l'home.

–Sé llegir, no pateixi –va dir el gitano.

Un minut després el portaveu dels gitanos va recular, va avisar amb un gest els homes adults que eren a primera fila i els va fer saber què deien els papers que portava la Guàrdia Civil.

–És una ordre judicial de desallotjament i una carta de l'alcaldia demanant-nos que marxem sense oposar resistència i demanant disculpes per no haver aconseguit aturar ni el jutge ni els civils.

–Què fem, oncle Samuel?

El vell va mirar els homes que l'envoltaven. Eren homes forts, sans i valents, que estarien disposats a lluitar pels seus drets fins al final; però també eren gent seriosa i respectuosa amb la llei. Els temps de les batalles entre la Guàrdia Civil i els gitanos ja només eren un record en la memòria. Avui en dia el més sensat era acceptar la llei paia, perquè oposar-s'hi portava conseqüències pitjors. El poble gitano era perdedor per naturalesa. No és que acceptessin aquesta condició, és que havien après a resignar-se a còpia de cops. I hi havia massa dones i nens al campament per arriscar-se a rebre. Quan es van establir en aquell lloc, el vell va creure en la possibilitat d'aconseguir un lloc estable si sabien negociar amb l'ajuntament i si sabien implicar-hi el Departament de Benestar Social, però així que van començar a arribar romanesos, iugoslaus, portuguesos, hongaresos i turcs, l'oncle Samuel va veure clarament que novament estava tot perdut. Una cosa eren els gitanos propis i l'altra els de fora. Gitano i estranger era massa per a la societat paia. El vell va seguir mirant amb posat greu els joves i no va dir res, només va fer un gest amb el cap, el gest que indicava que havien de marxar.

–Quant de temps tenim?

–El sergent diu que una hora, però negociaré que siguin dues per poder preparar-ho tot.

Així, amb aquesta resignació, van tornar a les caravanes els homes, i ho van començar a recollir tot, les veles, la ferralla, la roba estesa, les taules i cadires. El que era el seu patrimoni. Tot.

–No s'hi pot fer res? –vaig preguntar, ingènua, al José mentre ell i la Chelo s'afanyaven a posar-ho tot a la caravana.

–No. Nosaltres esperàvem poder disposar per fi d'un assentament definitiu per poder viure, però la societat paia encara té por dels gitanos.

–I on anireu? –va preguntar la Rosa.

–No ho sé. Cada dia és més difícil viure en trànsit permanent. Suposo que anirem a un altre poble, buscarem un altre lloc per acampar i ens hi instal·larem, fins que ens facin fora, i així torna a començar una vegada i una altra.

–No hi ha dret. És així com volen que els gitanos s'integrin al món dels paios? –vaig preguntar gairebé cridant.

–És el seu món, és la seva llei –va sentenciar el José.

En aquell moment la veu de ferro procedent dels altaveus va retronar de nou per tot el campament.

–A veure, senyors, mentre van recollint-ho tot, procedirem a la seva identificació per qüestions purament administratives. Els preguem que tinguin a punt la documentació personal i la mostrin al sergent abans que aquest els l'hagi d'exigir. Gràcies.

Al sentir allò, la Rosa i jo ens vam quedar glaçades, com la majoria d'estrangers que hi havia allà. Ells no podien marxar amb la casa a coll però nosaltres sí, perquè la nostra casa cabia dins una bossa. Però tot i així no sabíem què fer. Va ser la Chelo la que ens va fer moure el cul.

–Què espereu, voleu que us enxampin com dues gallines que han fugit del galliner? Agafeu les vostres coses, doneu la volta a la caravana i just darrere la pila de ferralla hi ha un camí que us portarà al riu. Allà les canyes us taparan i podreu fugir. No us veuran des d'aquí. Us veureu amb el José d'aquí a dos dies, al migdia, al cementiri de cotxes que hi ha al costat de l'autopista. Vinga, marxeu i aneu amb compte, sisplau.

La Chelo ens va acomiadar abraçada a les seves filles que ploraven sense saber per què. No entenien gaire què passava, amb la mirada trista i vençuda, resignada a no poder arrelar mai enlloc.

Vam posar en una bossa la poca roba que teníem i un parell de samarretes velles que ens havia donat la Chelo i, intentant aparentar la màxima naturalitat possible tot i que estàvem fetes un sac de nervis, vam donar la volta a la caravana. Repenjades a la part del darrere, vam respirar fondo uns segons perquè el cor no ens sortís disparat per la boca. Ens vam mirar i ens vam fer un senyal amb els ulls. Després la Rosa va donar un cop de puny a l'aire, senyal que ens en sortiríem. Vam vorejar la pila de ferros rovellats que el José hauria d'abandonar per força, perquè no tindria temps de carregar-ho tot a la furgoneta, i amb la màxima cura de què érem capaces, vam anar caminant tranquil·lament fins a la vora de l'esquifit i negre riu. Amb calma, com si tinguéssim tot el temps del món o ens anéssim a banyar a les dolces i càlides aigües de la platja d'Acapulco, vam arribar a la vora i, sense mirar per si de cas, vam anar a poc a poc fins al canyar i, en mig minut, vam quedar fora de l'abast de la mirada de ningú, paios, gitanos i civils. Llavors vam començar a córrer com esperitades i no ens vam aturar fins a un quilòmetre més amunt, on la carretera nacional creuava el riu. Vam reposar un minut sota el pont. El campament ja quedava lluny. Es veia moviment de cotxes arrossegant caravanes. Els primers ja marxaven. Els civils controlaven les maniobres de la llarga filera de nòmades. Fins i tot van tallar la carretera perquè poguessin sortir amb més comoditat. Amabilitat de circumstància.

La resta del dia vam caminar per la vora del riu, que de mica en mica s'anava fent més ample, amb més aigua i més pudent. Poc abans que es fes fosc ens vam instal·lar sota un altre pont disposades a passar la nit. Estava una mica més net que el del matí i no hi passaven gaires cotxes. Llavors vaig recordar el que em deia la mare quan no volia estudiar o fer els deures: «Si no aprens, no et guanyaràs la vida i acabaràs vivint sota un pont.» Doncs, ves per on, sota un pont passaria la nit. El record em va fer somriure.

–De què rius? –em va preguntar la Rosa.

L'hi vaig explicar i vam riure juntes una bona estona. Després vam desplegar la manta que havíem agafat un moment abans de marxar, ens vam asseure i vam obrir la bossa que ens havia preparat la Chelo.

Vaja, allò seria un festí: tonyina, sardines en escabetx, un panet i fruita. A la Rosa li quedava tabac i teníem una ampolla d'aigua que havíem comprat en una gasolinera. Va ser un sopar excel·lent donades les circumstàncies. Vam encendre dos cigarrets i ens vam disposar a una de les nostres afeccions preferides des que havia començat el periple: mirar el cel.

–És com veure un programa de la tele que sempre és el mateix però que no cansa –va sentenciar sàviament la meva amiga.

–És veritat, és un espectacle bellíssim. Mai no l'havia mirat tant, el cel, i cada dia m'agrada més –vaig respondre.

–Saps què penso? Que gairebé ens hem acostumat a fugir, a vagar i a passar nits al ras enmig del no-res. El primer dia estàvem mortes de por, teníem fred, gana, insomni i ens pixàvem de nervis. Sentíem sorolls sospitosos pertot arreu. Acostar-nos a un bar o a una gasolinera ens feia terror. I ara sembla com si fins i tot ho trobéssim divertit. Avui hem fotut el camp davant els mateixos nassos de la Guàrdia Civil i aquí estem, tan tranquil·les fumant, mirant el cel i rient per qualsevol ximpleria.

–Tens raó, no és el normal. Vull dir, dues noies soles pel món, no ho sé, tampoc em veig com una heroïna de pel·lícula d'aventures. Suposo que hauríem d'estar acollonides i..., ja ho veus. No em preguntis d'on he tret el valor. Potser pel bon rotllo que hi ha entre nosaltres. No ho sé ni vull pensar més en això.

–És clar, com podem tenir por amb aquest cel tan potent que ens protegeix? –va dir la Rosa.

Ens vam tapar amb la manta i ens vam quedar adormides sota el nostre particular sostre d'estrelles.

12

–JUANA, desperta. Quina hora és?

Jo estava somiant en el Leonardo di Caprio, o sigui que el retorn al món real amb aquelles estrebades que em feia la Rosa va ser del més frustrant. Quan vaig aconseguir desenganxar els ulls, no sense esforç, vaig entendre què havia sobresaltat la meva amiga: un sol intens com el foc entrava per les escletxes del meus ulls i em cremava. Vaig obrir-los del tot, vaig mirar el rellotge i el que vaig veure em va fer riure. Eren gairebé dos quarts d'onze, havíem dormit com dues soques més de nou hores, un fet insòlit, perquè des que anàvem voltant d'un costat a l'altre sempre ens despertàvem a l'alba, com si algun mecanisme previsor o de defensa ens obligués a estar alerta. El que havia passat aquella nit era comprensible, el nostre cos estava tan cansat que havia aconseguit trencar tots els mecanismes de vigilància i havíem dormit totalment relaxades.

–Tranquil·la, Rosa. No passa res, només hem dormit com dues marmotes. I jo, si no m'haguessis despertat d'aquesta manera tan, diguem-ne, suau, potser encara dormiria.

–Perdona, però és que m'he espantat. Imagina: obro els ulls, veig aquest sostre de formigó i una llum molt potent que entra pel costat. De moment no recordava ni on era i m'ha agafat la histèria.

Jo mandrejava com si hagués dormit a la més sofisticada cambra d'un hotel en lloc d'haver dormit embolicada amb una manta sota el pont d'una carretera. Aquell matí només tenia un problema: m'hauria menjat un bou.

–Ens queden diners. Busquem un bar, esmorzem i ens rentem la cara –vaig suggerir.

–N'estàs segura? –va preguntar la Rosa

–No, però tinc gana –vaig respondre amb cara de circumstàncies.

–D'acord, d'acord. Jo només avisava.

Vam sortir del pont i ens vam allunyar del riu cada cop més brut i contaminat i vam pujar per un talús fins a una carretera amb poc trànsit: furgonetes de repartiment, camions petits conduïts per tipus llardosos que tocaven el clàxon i ens deien qualsevol porcada. A l'horitzó es veia un grup d'edificis força tronats.

–Tant de bo hi hagués alguna cafeteria –vaig mormolar.

I, bingo, hi havia una cafeteria. Érem al raval d'un poble. El poble era a un parell de quilòmetres i en aquell grup de cases hi havia un taller de reparació d'automòbils, el bar, una botiga de comestibles i una farmàcia. Vam triar el bar i vam triar bé, perquè només entrar vaig veure la dona que feia uns bocates gegants per a uns treballadors. Vaig pensar que un entrepà com aquests seria meu en pocs minuts.

I em vaig quedar amb les ganes.

La cosa va anar de la manera següent: vam seure en una taula, m'aixeco per anar a veure més de prop aquella meravella d'entrepans que està fent, en aquell moment el que fa és de pernil del país, torno a la taula i parlem mentre esperem que la cambrera ens demani què volem. Però el client ja s'havia menjat la meitat del bocata, i ja he dit que l'entrepà era gros, per tant feia gairebé deu minuts que érem allà, i la dona encara no ens havia preguntat què volíem. Jo tenia la boca feta més que aigua o sigui que em vaig aixecar i vaig anar cap a la barra, on la mestressa del bar s'estava tallant les ungles, una activitat prou marrana de fer darrere el taulell d'un bar, però, en fi, tampoc no volíem anar amb exigències de delicadesa i higiene.

–Disculpi, podria fer-nos un parell de bocates com el d'aquell senyor? Per beure volem dues coca-coles de llauna.

La tia no va dir ni piu, al contrari, es va concentrar encara més en les seves fastigoses ungles, fetes pols de tants anys de treballar en aquell lloc fastigós. O sigui que vaig insistir amb una mica de tacte.

–Perdoni, ha sentit el que li he dit?

–Mira, nena, no em vinguis amb presses o et farà el bocata la teva mare.

El que acabava de dir! Que es posin amb la meva família em treu de polleguera. La vaig mirar i ella a mi, a veure qui podia més. Farta del joc idiota, vaig donar un cop amb el palmell de la mà a la barra de zinc i em vaig posar borda, ho reconec.

–Mira, vella, ens fas els bocates o me'ls faig jo. I si tornes a esmentar la meva mare et trenco aquesta cara de meuca que fas. M'has entès?

L'home que estava menjant va fer l'última queixalada de cop. La dona el va cridar.

–Rubén, pots venir a fotre fora aquestes dues nenetes, que m'estan molestant?

–Has de cridar el teu macarró perquè et protegeixi?

A tot això la Rosa, demostrant com sempre que té més cervell que no pas jo, s'havia aixecat i em demanava que ho deixés córrer i que fotéssim el camp, que millor que no tinguéssim cap bronca. Però jo estava massa encesa i no volia escoltar cap consell tranquil·litzador.

–Mira, la que ha començat és ella, o sigui que si vol que me'n vagi, com a mínim, que em demani disculpes.

I va venir el Rubén. Si no era el cosí de Zumosol, era el seu germà o el seu entrenador. En feia dos com a mínim, però per xuleria la meva.

–Què cony passa aquí, què volen aquestes mocoses?

–Que aquesta ens demani disculpes per haver-me insultat i que ens faci dos bocates ben grossos.

–Dues llets et donaré, gitana de merda, que se't veu en la pell i en la ronya que portes.

–I a tu se't veu que tens menys cervell que un caragol i que, a més, ets un racista de merda.

Semblava que es volia abalançar damunt meu per pegar-me, però es va aturar i em va mirar fixament. La Rosa estava morta de por, però jo estava com boja.

–Què et passa ara, no t'atreveixes a pegar-me? –el provocava.

–Me cago en tot, ara que m'hi fixo, si aquestes dues són les dues que busca la policia pel tema del moro –va dir, demostrant que, com a mínim, li quedava una neurona mig en funcionament.

L'havia cagat fent-me la xula amb aquella gent. L'home va dir a la dona que deixés de tocar-se les ungles i que truqués de seguida a la policia. La dona va deixar el pintaungles a la barra i amb tota la parsimònia va despenjar l'auricular del telèfon.

–Quin número és? –va preguntar al Rubén.

Però nosaltres dues no vam esperar a descobrir si sabien el número de la policia o no. Vam agafar les bosses i vam sortir corrents, tant com podien les cames. Deu minuts després estàvem assegudes sota una alzina morta intentant recuperar la respiració. Jo, a més, intentava disculpar-me. Estava nerviosa i hauria plorat de bona gana, però estava esgotada, amb la respiració mig tallada, i suava com un toro. No tenia ni forces per plorar. Només em vaig tirar als braços que m'oferia la Rosa.

–Ho sento, tia, ho sento en l'ànima. Sóc una idiota, no es pot confiar en mi, ja ho veus. Sempre fico la pota en el moment més difícil.

La Rosa no va dir res. Va deixar que fos jo qui fotés el rotllo. En situacions així, parlar, dir el que et surt de dins sense pensar, de vegades és bo. Només escoltava la meva vomitada verbal i em passava la mà pels cabells. Una de les millors virtuts de la Rosa és que sempre sap escoltar, cosa que no tothom està disposat a fer pels altres.

Quan em vaig haver calmat i la respiració va tornar al seu ritme normal, la meva amiga va parlar, poc.

–Juana, estem en fals. Fins que no s'aclareixi tot aquest embolic som fugitives. Ho saps, oi? No juguem, no és una aventureta. Fugim de la policia que ens busca per una mort amb la qual no tenim res a veure. Però hem de poder-ho demostrar. No podem arriscar-nos que ens denunciïn per posar-nos en embolics.

Jo només deia que sí molt fluixet, realment avergonyida. Li demanava que em perdonés, que no deixés de ser la meva amiga, que un altre cop em tapés la boca i m'arrossegués cap al carrer, que la necessitava. Jo només volia menjar un bocata perquè tenia gana.

–Doncs, de bocata, no en tinc cap a mà, però potser aquestes magdalenes et serviran de moment.

Que llesta que és la meva amiga. Amb tot el merder de la discussió i la fugida encara havia tingut temps d'arreplegar alguns productes industrials d'un expositor. Tenia davant meu magdalenes, *sobaos* i ulleres de pasta de full. No era l'entrepà somiat, però amagades darrere l'alzina vam poder fer un bon tiberi. Quan va passar el cotxe de la Policia Nacional per aquella carretera comarcal, nosaltres ja érem molt lluny.

13

PER SORT aquells dies teníem damunt nostre el famós anticicló de les Açores. O sigui, bon temps, calor de dia i nits suaus. Només ens hauria faltat pluja i fred. On ens hauríem posat? Si se'm permet una nota frívola, el millor de tants dies d'anar per camins i carreteres és el bronzejat que estava agafant la Rosa, sempre esblanqueïda. A mi no em feia gaire falta, és clar. La meva pell torrada delatava la meva procedència. Això era el que de bo tenia, això i la nostra amistat indestructible.

El dolent era que se'ns estaven acabant els calés i encara havíem de passar un dia sencer abans de trobar-nos de nou amb el cosí José tal com ens havia indicat la Chelo al fugir del campament. I amb les magdalenes que ens quedaven no passàvem fins a l'endemà, com a mínim jo. Necessitàvem menjar i tabac. Vam discutir el problema a l'ombra d'una pineda que, per la gran quantitat de deixalles que hi havia per terra, denotava el pas d'hordes de *domingueros*.

–Allà hi ha un hort –va dir la Rosa–. Anem a collir alguna cosa. Per uns quants tomàquets no ens diran res.

No ens haurien dit res per un parell de tomàquets o de pastanagues si n'hi hagués hagut. El problema és que només hi havia enciams, milers d'enciams, un mar d'enciams ben verds. Algú ha provat de menjar un enciam sense rentar ni amanir? Jo no, vaig passar. La Rosa sí, volia fer la prova per si funcionava i ens podíem alimentar d'enciams tot un dia. Es va passar una bona estona escopint terra.

–Tan bo que és l'enciam ben amanit amb oli, vinagre i sal, i tan fastigós que és així.

–I sense rentar –vaig afegir.

Vam seguir buscant algun hort on hi hagués alguna cosa comestible. Tot eren mongetes, pebrots, albergínies, enciams, i coses per l'estil, impossibles de menjar sense rentar o cuinar. O sigui, que de fer-nos vegetarianes per un dia res de res.

Vam estar molta estona en silenci donant-hi voltes al cap. Bé, crec que totes dues sabíem quina era la solució, però cap gosava dir-la en veu alta. Ens feia una mica de por. Era una solució ben fàcil, la teníem molt a la vora d'allà, massa a prop per no poder posar-la en pràctica. Però el meu estómac començava a protestar, o sigui que al final vaig parlar.

–Deixem-nos de ximpleries, tinc gana. Allà hi ha una gasolinera de les que té botiga. Esperem un moment que no hi hagi clients. Entrem, fem que comprem alguna cosa i, mentrestant, mirem la manera de sortir corrents. Si no pot ser, comprem un paquet de xiclets i llestos.

–Però, tu estàs boja o què, Juana? M'estàs dient que robem? –va respondre la Rosa, esverada–. Et recordo que ens busca la policia.

–No veig una altra forma d'obtenir menjar –vaig

respondre amb una fredor sorprenent–. A no ser que vulguis anar de porta en porta demanant alguna cosa per menjar o pujant a un tren i fotent aquell rotllo de «*Es triste tener que pedir pero más triste es tener que robar...*», perquè això ja no s'ho creu ningú. Ja sé que ens busquen, però això no canvia les coses. En els meus plans no hi entra que ens detinguin per robar alguna cosa per menjar.

La Rosa es va quedar uns moments pensativa. No sé per què es va sorprendre tant amb la meva idea. Segur que ella ja l'havia tinguda abans. Al cap i a la fi havia estat ella qui havia pres les pastes del bar aquell mateix matí, encara que no era el mateix, és clar. Vaig restar en silenci observant el tràfec que portava un escarabat gegant. Llavors em va semblar recordar que en algun país se'ls mengen fregits. Hauria d'estar a punt de morir de gana per menjar-me aquell pobre animaló que estava en plena activitat quotidiana, circulant nerviosament amunt i avall. Deu llarguíssims minuts després, que van ser cinc o sis passejades de l'escarabat, la Rosa va parlar.

–Primer mirem de lluny, a veure si hi ha una persona o n'hi ha més d'una. I res de robar revistes o cedés. Només el que necessitem per menjar, d'acord?

Al cap d'una estona estàvem a l'altra banda de la carretera davant de la gasolinera. Acabava de marxar un cotxe i no quedava ni un client. Només s'hi veia un treballador, un noi de la nostra edat.

–Anem –va dir la Rosa–. I recorda el que hem pactat.

–Escolta –li vaig dir aturant-la un moment–. No creguis que fer això em diverteix.

–Ja ho sé, Juana. Vinga, tranquil·la.

Vam travessar la carretera i vam entrar a la botiga decidides. El noi estava assegut darrere el taulell. Hi havia una caixa registradora i dues màquines per pagar amb targeta de crèdit. No es veien armes ni cap objecte contundent. Vam voltar entre les prestatgeries. Vam agafar un pa de motlle, una llonganissa i un formatge envasat, uns pastissets i un Toblerone, que és una xocolata que em torna boja. La Rosa va anar a la nevera i va agafar una coca-cola de dos litres i aigua mineral. Em va fer un senyal que indicava que ja n'hi havia prou.

Jo ni me n'adonava però estava suant a raig fet.

Vam caminar lentament cap a la porta, ho vam posar tot en dues bosses de plàstic. La Rosa va fer el gest de treure el moneder mentre jo obria la porta com avançant-me. Per sort no venia cap cotxe. Amb la porta oberta vaig comptar fins a tres mentalment i vaig cridar.

–Corre, Rosa!

I vam arrencar a córrer amb les dues bosses carretera avall fins que ens vam posar per un camí. Vam córrer i córrer mirant enrere però no ens seguia ningú.

Temps després vam saber que el noi de la gasolinera es va quedar una mica perplex del singular robatori que acabava de patir a mans d'aquell parell de noies. No va entendre res. Va acabar d'endreçar els rebuts que tenia damunt del taulell i va anar a mirar la cinta de vídeo de la càmera de seguretat i va poder veure clarament la cara de les dues noies. No s'havien ni adonat que les estaven filmant.

–Quin parell! –va pensar.

Per les imatges va poder veure que no s'havien endut res de valor i que el botí no arribava ni a les mil pessetes. Va rebobinar la cinta de vídeo, va posar en marxa la gravació per damunt de les imatges que provaven el delicte i va donar el tema per liquidat.

Però nosaltres pensàvem que havíem comès el robatori del segle. Vam deixar el camí i ens vam amagar entre la malesa i ens vam esgarrinxar la pell amb els esbarzers que hi havia. Cada soroll ens paralitzava. Ens imaginàvem que teníem tots els efectius de la Guàrdia Civil darrere nostre, com a mínim. Però ningú es va prendre la molèstia de perseguir-nos per quatre tonteries, és clar. Una hora més tard vam fer l'àpat.

–Ha estat més fàcil del que pensàvem –vaig dir.

–Sí, però jo no ho torno a repetir mai més. Que hagi estat fàcil no vol dir que m'hagi agradat la prova. M'ha quedat el cos una mica estrany i encara que ningú ens demani mai explicacions del que hem fet jo sempre sabré que vaig robar en una gasolinera. I només recordar-ho em posa els pèls de punta –va afirmar la Rosa, responsable com sempre.

–A mi tampoc em fa cap il·lusió el que hem fet. Una cosa és fotre-li quatre magdalenes a la tia estúpida del bar, però això d'ara no ho torno a fer per gana que tingui.

Però malgrat reconèixer la nostra culpabilitat i fer-nos propòsits de no repetir-ho mai més, ens vam menjar tot el que teníem i ens vam beure la coca-cola amb ganes. Això va provocar que, després de l'àpat, el dubte entre morir de gana o delinquir no tan sols no s'havia aclarit, sinó que estava més confosa que mai.

La resta de la tarda vam estar força callades, immersa cada una en els seus pensaments. No fèiem més que donar voltes al fet de la gasolinera. Suposàvem que el noi ens devia haver denunciat. Faria una batuda per la zona, la Guàrdia Civil? Què faríem si vèiem aparèixer un Nissan blanc i verd? Començar a córrer? Ens delataríem. I si ens detenien, ho havíem de negar tot?

Però va arribar la nit i ningú va preguntar per nosaltres, o sigui que vam dormir còmodament entre la malesa. No deixava de sorprendre'm que tan a la vora de la ciutat, de pobles grans, abocadors, vies de tren i carreteres, encara quedessin racons de natura gairebé salvatge, llocs completament apartats de la mirada, fins i tot de gran bellesa alguns. I aquell paratge n'era un.

Entre els arbres la lluna començava a créixer, com nosaltres. Ignorava com acabaria tot allò, però el que tenia clar és que ens canviaria la vida per sempre. No tan sols pels perills que corríem, ni pels problemes que tindríem amb la policia per la mort del magribí o pel robatori de la gasolinera, sinó per tot el que estàvem madurant amb aquesta història. Estàvem aprenent a buscar-nos la vida, a pensar, analitzar i reflexionar sobre els nostres actes. Estàvem bastint una amistat a prova de tot, única, més que fraternal.

A mig matí del dia convingut, vam veure l'atrotinada furgoneta del José, aparcada al cementiri de cotxes del costat de l'autopista. Ell parlava amb l'encarregat i es va alegrar molt de veure'ns.

–Si us passa alguna cosa, el teu pare em penja del pal més alt –va dir rient.

–No pateixis, estem molt i molt bé. Ens sabem cuidar –vaig respondre.

Qui no estava tan bé era ell. Després del desallotjament havien buscat, sense èxit, un lloc on establir-se. Finalment, quan ja es feia fosc, van decidir aturar-se en una pineda al peu de la carretera i encara eren allà, ells i dues famílies més. La resta s'havien escampat. Sabien que els civils els farien fora en qualsevol moment, però no podien estar voltant dia i nit.

–El lloc està bé, però no hi ha ni una mala font. Ara mateix li estava demanant a l'encarregat si podia omplir aquests bidons.

Però el pitjor és que havia perdut la major part de la ferralla que tenia acumulada darrere la caravana i que classificava abans de portar als magatzems. Amb prou feines li quedaven unes quantes peces de cotxe per les quals en demanava cinc mil peles. Les coses no pintaven massa bé per al meu cosí i la seva família i això ens va entristir a totes dues. Al cap i a la fi els nostres problemes se solucionarien tard o d'hora, però quan se solucionarien els problemes dels gitanos nòmades i qui els ajudaria?

–Si no arreplego cent quilos de ferro, com a mínim, haurem de vendre la caravana –va dir amb la mirada trista.

–I on viureu? –va preguntar la Rosa.

–Doncs a la furgoneta com fèiem abans de tenir la caravana. Amb un matalàs per tots quatre, unes caixes de cartró per guardar els quatre trastos i un fogonet de càmping per cuinar.

Anava a dir que no hi havia dret, però era tan obvi que podia sonar a lament banal. O sigui que vaig callar. Em vaig quedar mirant el terra ple de taques de greix i gasolina dels cotxes per desballestar. En la situació en què es trobaven el José i la Chelo, no ens podíem quedar amb ells. Ens havíem de seguir buscant la vida com fos. Però, fins quan? Quant de temps resistiríem menjant pa de motlle i pastissets robats a les gasolineres? Quant de temps trigaria la policia a adonar-se que no teníem res a veure amb la mort del magribí?

–Espereu cinc minuts que tanco el tracte amb aquest home i anem cap a casa.

Sonava ridícula l'expressió «casa» després del que ens havia explicat. Un concepte que normalment està ple de sentit, que designa el nostre territori privat i personal, en la situació del José i la seva família es convertia en una paraula buida, sense cap significat, que es deia per dir, per costum.

Quan va sentir el soroll del motor de la furgoneta, la Chelo va deixar el que estava fent i va venir corrent cap a nosaltres. Ens va abraçar fort, amb ganes. Havia patit en silenci i demanat a Déu que no ens passés res de dolent. Ara per fi respirava tranquil·la. Era exemplar aquella dona.

–El sopar estarà a punt d'aquí a dos minuts.

No tenien res, ni un lloc per viure, i l'únic que els preocupava era que estiguéssim bé. En els dos dies ni la Rosa ni jo no havíem pensat en ells. Em vaig sentir egoista en aquell moment i l'únic que vaig poder fer va ser un petó ben fort a la Chelo i abraçar les nenes. La cassola de macarrons em va semblar una menja divina.

–M'ajudaràs després amb els matalassos? –va dir la Chelo.

Vaig mirar aquella dona que semblava més gran del que era en realitat. No era gens fàcil la seva vida i, malgrat tot, no perdia els ànims, la força i el bon humor. Però aquest cop em va semblar que no podíem acceptar la seva generositat.

–No, Chelo, la Rosa i jo no ens quedarem. Ja teniu prou embolics perquè encara ens hàgiu d'acollir –vaig dir.

–Però, si no sou cap molèstia! –va protestar la cosina–. Amb vosaltres o sense, els nostres problemes no es resoldran més de pressa.

–Mireu. A nosaltres ens busca la policia. Si ens agafen vivint amb vosaltres, us poden acusar de còmplices o jo què sé. Ja va estar a punt de passar quan van desallotjar el campament, no us podeu arriscar d'aquesta manera, teniu dues nenes. Feu-ho per elles, va insistir la Rosa.

–Com a mínim aquesta nit, sisplau. No estic tranquil·la si sé que esteu vagant soles pel carrer.

I vaig ajudar-la a posar els matalassos.

14

–QUÈ FEM, Juana? –em va preguntar la Rosa.

–Tu, no ho sé; jo, anar-me'n a dormir –vaig respondre fent un badall.

Estàvem com sempre, mirant el cel sense fer res. Què podíem fer? Els cosins feia molta estona que dormien, des de fora se sentia roncar en José, però la Rosa i jo estàvem desvetllades, com sempre. Jo ja sabia què volia dir la Rosa amb aquella pregunta, però tirava pilotes fora. Em feia mandra fins i tot pensar. Però ella estava disposada a no deixar-me anar a dormir. Una nit que podíem dormir en un matalàs i encara no l'aprofitàvem.

–Mira, em sembla que hauria d'anar a la policia, entregar-me i explicar-los la veritat. No podem estar fugint permanentment com si fóssim Bonnie and Clyde. L'has vista aquesta pel·lícula?

–És clar que l'he vista, la deuen haver fet vint vegades per la tele –em vaig limitar a respondre.

–Doncs, què et sembla la meva idea? –va insistir la Rosa.

–Malament. I per què no m'entrego jo en lloc de fer-ho tu?

–Perquè ets gitana.

–I què, que potser tinc micos a la cara? –vaig dir emprenyada.

–No diguis ximpleries, ja saps què vull dir –va respondre ella alçant una mica la veu–. La policia només busca un culpable per cobrir l'expedient. Per pocs prejudicis que tinguin, una persona gitana té tots els números perquè li carreguin el mort. La veritat i la justícia no sempre s'apliquen amb la mateixa mesura segons siguis paio, moro, gitano o senegalès.

–No vols dir que el que varia no és la raça sinó si ets pobre o ric? Tu creus que la policia americana detindrà mai en Will Smith per molt negre que sigui? Foten a la garjola els xeics de Marbella malgrat que tothom sap que venen armes? No, amiga Rosa, aquí t'equivoques. La por a una altra raça és per ignorància. És cosa de gent amb pocs coneixements. La policia, la justícia i el poder no són racistes pel color de la pell o la religió, el seu racisme és econòmic. Si ets ric, viu la vida com et doni la gana, si ets pobre sempre ets sospitós, i si ets miserable ets un delinqüent.

–M'has impressionat –va dir la Rosa, sorpresa–. Tens tota la raó.

–No té cap mèrit. No ho he pensat jo. Ho vaig llegir en un diari a la consulta de l'Ester, la dentista del barri, l'últim cop que hi vaig anar. Em concentrava en la lectura de l'article per no sentir el soroll de la màquina i no posar-me més nerviosa.

–Doncs una de dues, o hem d'anar més al dentista o hem de llegir més diaris.

–Ja és massa tard perquè deixi de ser una burra –vaig dir amargament.

–Què va! Ja veuràs com un dia t'adones de l'important que és aprendre i et poses a estudiar com una boja.

Vam deixar la conversa aparcada per una estona, però cap de les dues va proposar d'anar a dormir, o sigui que sabíem que seguiríem xerrant. Va ser ella la que va recomençar.

–Bé, finalment què decidim? Vaig jo a la policia, hi vas tu, hi anem totes dues o fugim al Brasil?

–Mira, no és mala idea –em vaig limitar a respondre–. M'apuntaré a una escola de samba i em dedicaré a moure els pits com dues baldufes durant el carnaval de Rio.

–Vaja, estàs brillant i irònica aquesta nit.

–Deu ser la lluna que va creixent i em dóna energia.

–Segurament.

Nova i angoixant pausa. Per un moment em va fer la sensació que la Rosa estava emprenyada amb mi. M'estava passant aquesta nit? O era ella qui es passava proposant-me això de la policia? Cinc minuts mirant el cel i ella va parlar de nou.

–Demà al migdia aniré a l'institut a parlar amb la Tina, la meva tutora. Necessito parlar amb algú que m'ajudi a aclarir-me. Tinc el cap a punt d'explotar, no paro de donar voltes a tot i aquí estic, asseguda sota un pi, mirant el cel com si fos de vacances al càmping. No puc seguir així.

Ara la que estava picada era jo. Per què havia d'anar a explicar la nostra situació a una persona que jo amb prou feines coneixia de vista? No en tenia prou amb la meva amistat i ajuda? No havíem quedat que seríem inseparables, més que germanes? Per què em feia allò, just en aquest moment? Però no li vaig dir res del que pensava, em vaig limitar a escoltar.

–Ah, bé. Jo t'esperaré aquí, mirant el cel.

–Per què respons així? Que estàs gelosa de la Tina? O és que estàs en pla egoista i em vols per a tu sola com fan alguns marits?

Això em va caure com una bomba. Doncs sí, estava gelosa, era una egoista, però ni ho reconeixeria ni ho negaria.

–Me'n vaig a dormir que estic morta de son –va ser la meva resposta per sortir del pas.

–Aquesta reacció és de nena tonta, Juana –vaig sentir que deia quan jo ja era dins la caravana.

Un parell de minuts després vaig sentir plorar la Rosa. Jo, per contra, tenia els llagrimals ben secs, però estava emprenyada, molt emprenyada. El que no aconseguia saber era si amb ella o amb mi mateixa. Va ser una llàstima però em vaig adormir sense saber-ho.

Va ser una nit llarga i agitada. Somiava accidents, caigudes per barrancs profunds i negres forats sense final una i una altra vegada. La Rosa intentava salvar-me donant-me la mà però jo la retirava, li deia que em deixés morir en pau, que se n'anés amb la seva tutora si ella l'entenia millor que jo, si li oferia més amistat que la meva. Em vaig despertar de cop i suada. Em vaig incorporar ràpidament. Tot estava fosc i en silenci. Ni el meu cosí no roncava. Vaig buscar l'encenedor i el vaig encendre. El matalàs de la Rosa estava buit i el llençol sense rebregar. La meva amiga encara no se n'havia anat al llit. Vaig mirar el rellotge, eren dos quarts de quatre de la matinada. Em va estranyar molt que encara estigués a fora en aquelles hores. Vaig sortir en calces i samarreta, descalça.

–Rosa, vols fer el favor de venir a dormir?

Però allà no hi havia ningú. Vaig fer la volta a la caravana i vaig buscar per l'arbreda destrossant-me les plantes dels peus, però allà no hi havia ningú. La Rosa se n'havia anat per culpa meva. L'havia cagat una altra vegada. M'havia comportat com una nena estúpida i amb menys cervell que un mosquit.

Em vaig arraulir en una cadira i vaig començar a plorar desconsoladament. Poc després vaig notar que algú em tirava una manta per damunt les espatlles. Era la Chelo, que probablement ho havia sentit tot. No va fer preguntes.

–No et preocupis, la teva Rosa tornarà. No pensis que ja no vol ser la teva amiga de l'ànima, però no l'angoixis volent-la sempre al teu costat. Això no seria tenir una amiga, seria com tenir una esclava. Els veritables amics no es fan preguntes ni retrets. Els amics de veritat volen en llibertat i així reneix cada dia la seva amistat. I és per sempre.

15

VAIG PASSAR el dia molt malament: trista, marejada per la humitat i la calor i d'un humor de gossos. La Rosa se n'havia anat en plena nit per culpa meva, per tenir el cap ple de pardals. Podia haver anat a veure la Tina, la seva tutora a l'institut tal com va dir la nit anterior, quan vam discutir. Però, i si havia anat a la policia? Com ho podia saber? Si al fer-se fosc no havia tornat a la caravana, què volia dir, que passava de mi per sempre o que estava al calabós? Sabia que em mereixia que no em tornés a parlar en ma vida, però pregava al de dalt que no ho fes perquè no ho resistiria.

–Si aquesta nit no torna demà vaig a la policia –vaig dir a la Chelo.

–Para de dir bestieses que ja n'has dit prou en les últimes hores.

Fins i tot la Chelo estava farta de mi. Però és que passaven les hores i de la Rosa ni rastre. El meu cosí se n'havia anat d'hora a buscar uns ferros que li havien promès i nosaltres dues ens havíem quedat soles amb les nenes. Bé, la Chelo s'havia quedat vigilant les tres nenes, inclosa jo. A més tenia ordres estrictes del José que a la mínima que veiés aparèixer el cotxe patrulla havia de sortir corrents fins a un punt del bosc on m'esperaria fins que ell tornés. En resum, que el dia va resultar d'una tensió insuportable. Almenys la Guàrdia Civil ens va deixar tranquils. Aquest dia es devia dedicar a perseguir delinqüents de veritat, no a emprenyar la pobra gent.

La Chelo va estar molt tensa tot el dia. Li vaig demanar perdó mil cops i em va dir que no patís, que no tenia la culpa de tot el que ens passava. Però jo sabia que en part sí que en tenia de culpa. Si no m'hagués discutit amb la Rosa, o no hagués tingut aquesta gelosia estúpida...

–Vinga, no hi donis més voltes i ajuda'm a fer el sopar, que ja ve el José.

Era increïble com coneixia el soroll de cafetera de la furgoneta del seu marit. Un minut després el cotxe deixava l'asfalt i avançava entre els arbres cap on hi havia el campament.

Llavors vaig veure que la Rosa venia amb ell, vaig fer un salt d'alegria com boja i vaig córrer a abraçar-la amb llàgrimes als ulls.

–Ho veus com t'he dit que la Rosa tornaria –va dir la Chelo, vehement.

Però jo ja l'estava cobrint de petons i demanant-li que perdonés el meu egoisme de criatura i no sé quantes disculpes més. Ella també tenia els ulls plorosos. M'abraçava i em demanava calma, que tot havia anat molt bé i que ja m'ho explicaria.

–I perdona'm per haver marxat a la francesa, però em va semblar que era el millor donades les circumstàncies –va dir baixet.

Després de sopar vam agafar algunes cigarretes i vam anar a fer una volta per la pineda per poder parlar tranquil·lament. Caminàvem amb la claror de la lluna com a única companyia, amb passos lents, procurant no fer soroll. Ja havíem tingut prou moviment la nit anterior. L'altre extrem del bosquet quedava apartat de qualsevol mirada. No es veia ni la caravana. Vaig desplegar la flassada i ens vam asseure a terra repenjades en un pi.

–Si no haguessis tornat, hauria anat a la policia –vaig dir.

–I per què no havia de tornar?

–Perquè ahir al vespre vaig estar molt insolent de nou, i quan em vaig despertar a les tres de la matinada i vaig veure que te n'havies anat sense avisar, vaig pensar que t'havies afartat de mi per sempre.

–Escolta, Juana. Tu creus que els amics de veritat s'enemisten per tota la vida per una ximpleria com aquesta?

–La nostra situació no és una ximpleria.

–Ja, però la nostra situació no ens separa, al revés, ens uneix. Incidents com els d'ahir són deguts a la tensió que estem suportant, no perquè ens hàgim enemistat. Vinga, dona, no et castiguis més. Ja ha passat. He tornat, estem juntes. Deixa-ho estar.

–Com vulguis, però potser em costarà una mica –vaig dir.

–Jo t'ajudaré. Per això hi són els amics, no? –Em va donar la mà i em va explicar tot el que havia fet des que havia marxat.

Quan va deixar la caravana, va dubtar una mica d'on havia d'anar. Havíem fet tantes voltes en pocs dies, algunes fins i tot en cercle, que havíem acabat perdent el nord. Va estar caminant, sense tenir clara la direcció, fins que va començar a despuntar el dia.

Anava a poc a poc i cada cop que sentia que s'acostava un cotxe s'apartava de la carretera perquè no la veiés ningú. Quan es va fer clar, estava arribant a un poble on recordava que hi havia estat una vegada. No era lluny de la ciutat i a més li semblava recordar que hi havia tren. Va seguir les passes de les primeres persones que, amb cara de son, va suposar que anaven a treballar i la van conduir a l'estació. Com que ningú li va demanar el bitllet, el viatge fins al centre de la ciutat va ser molt tranquil. Un cop allà va decidir agafar el metro per anar a l'institut i, després de caminar vint minuts, es va plantar davant la porta de l'atrotinat centre escolar. L'autobús l'hauria deixat més a la vora, però era més fàcil colar-se al metro.

La Rosa feia l'últim curs a l'institut i no li anava gens malament. A mi això d'estudiar no m'agradava. Jo ho havia deixat un parell d'anys abans, a meitat de curs, i me n'havia anat sense acomiadar-me ni del conserge, un bon home que ens havia enxampat fumant més d'una vegada i que no ens havia denunciat mai. No és que fos curta, ni vaga; quan volia, em posava a estudiar i treia bones notes. El que passava és que no ho volia fer gairebé mai. Excepte en literatura i història, perquè m'agradaven, en les altres assignatures no recordava haver arribat mai més enllà d'un cinc pelat.

Però la Rosa era bona estudiant, treballadora i li agradava estudiar al vell institut que compartíem amb un altre barri. El centre no era gaire antic, el que passava és que les bandes l'havien assaltat unes quantes vegades, l'havien saquejat, havien fet autèntiques orgies d'alcohol i drogues a les aules i fins i tot havia patit un petit incendi. Tot i que l'edifici no tenia ni deu anys semblava que fos d'abans de la guerra. Allà, entre estudiants que anaven a classe un dia sí i quatre no, professors que tenien estrès, laboratoris on no hi quedava ni un microscopi sencer i un gimnàs amb les parets plenes de pintades nazis, hi estudiava la Rosa i vuit-cents companys més. Per ser professor en aquest centre i resistir més d'un curs, es necessitava una enorme vocació i una voluntat de ferro. La professora de matemàtiques, la Tina Soler, tutora de la Rosa aquell últim curs, era una de les professores més veteranes de l'institut i també una de les més estimades per la majoria d'alumnes, malgrat impartir l'assignatura més os de totes les assignatures que s'han inventat mai, la més odiada per tots els alumnes, la més incompresa. Per a què nassos serveixen les matemàtiques, algú m'ho pot dir?

Però la Tina sabia fer-se estimar i respectar malgrat les seves derivades i integrals. La seva tàctica era ben senzilla. Contràriament al que feien la majoria de professors a classe, ella no s'imposava a crits ni amb amenaces o càstigs. Es feia col·lega dels alumnes, intentava entendre sempre la nostra manera de veure les coses, la nostra rebel·lia, la nostra oposició a fer el que ens manaven senzillament perquè sí. Ella intentava animar-nos a seguir endavant i a encomanar-nos les ganes d'aprendre per ser alguna cosa a la vida. Era enrotllada, parlava com nosaltres i, sense adonar-nos-en, apreníem les odioses mates. Si no hagués estat per ella, no hauria après mai de la vida a fer equacions.

Sempre que hi havia problemes a l'institut tothom anava a buscar la Tina, tant els alumnes com els professors. Per això la Rosa s'havia plantat aquell matí a la porta del centre mitja hora abans que arribessin els professors. Malgrat que el curs ja havia acabat feia dues setmanes, el professorat encara treballava tot el mes posant notes i endreçant expedients. Se li feia estrany ser per allà en aquesta època que no hi havia ningú. No solia passar mai per davant de l'institut fora del curs. Es va asseure al capó d'un cotxe, a certa distància de la porta principal de l'institut, controlant. Si no havia canviat els hàbits, la Tina era una de les primeres d'arribar. La Rosa no feia ni deu minuts que s'esperava quan va veure arribar la seva estimada profa.

–Tina, hola. Tens un minut?

–Rosa, guapa, quina alegria veure't. Em feia por que t'hagués passat alguna cosa dolenta. Vinga, anem a fer un cafè i m'ho expliques, que per això deus haver vingut, oi?

Aquella dona tenia la virtut de saber llegir en els ulls i el cor dels seus alumnes. No va dubtar ni un instant a agafar la mà de la seva alumna per transmetre-li l'escalfor i els ànims que sabia que la Rosa havia anat a buscar. Es van asseure davant dos cafès amb llet i dues ensaïmades, van menjar i beure, van encendre els primers cigarrets i la Tina va fer un gest amb les mans que volia dir: sóc tota orelles. La Rosa no va dubtar ni deu segons i va explicar la nostra història a la seva estimada tutora.

–Que valents que sou els joves d'ara. Jo a la vostra edat m'hauria mort de por i hauria corregut a plorar com una bleda a les faldilles de la meva mare –va dir somrient.

–No et pensis, que en algun moment jo també he

tingut ganes de fer-ho. Però em fa més por acostar-me a casa que estar voltant.

La Tina li va explicar com veia ella les coses.

–Anem per parts. Vull que sàpigues, tant tu com la Juana, que feu el que feu teniu tot el suport del claustre de professors del centre, perquè així ho vam decidir en una reunió la setmana passada. Els vostres expedients mostren un comportament irreprotxable i, malgrat que la Juana no hagi acabat els estudis, en tots els anys que va passar a l'institut no va tenir ni una sola advertència, que tractant-se d'aquest institut és un mèrit molt gran. O sigui que, tant nosaltres com la conselleria d'educació estarem al vostre costat. Així ens ho va fer saber la inspectora –va dir la profe.

–La inspectora? Aquella vella antipàtica a qui dèiem la Sapo? –va preguntar la Rosa, sorpresa.

–Sí, la Sapo en persona.

–I dius que tots els professors de l'institut estan de part nostra? –va insistir la Rosa, incrèdula.

–Sí. Va ser la setmana passada en l'última reunió del curs. Vam decidir per unanimitat que el claustre i la direcció del centre us donarien suport moral, educatiu, emocional i legal si fes falta.

–I tots els professors hi van votar a favor, la Pija, la Sorolla i el Renales també? La majoria diuen això ara, però ja veuríem quina cara farien si el jutge els cridés a declarar –va dir la Rosa amb certa amargor.

–És injust que diguis això –la Tina la va tallar–. Tots vam estar d'acord en aquesta decisió i la respectarem passi el que passi. Aquests professors que tu m'has dit són lliures de prendre les seves decisions en el claustre, com tots. Saben que esteu en un embolic sense cap culpa i senten que la seva responsabilitat en aquest moment és estar al vostre costat, com en un altre moment pot ser suspendre-us o renyarvos si el curs no va bé. Quan un pren una decisió, adquireix una responsabilitat de complir-la i fer-la complir. I tant la professora Sorolla, com el Renales o la Lupe (la Pija) estan al vostre costat.

La Rosa va callar. Mentre la Tina parlava, s'havia adonat que havia estat massa dura subestimant el suport de tots els professors de l'institut. Al cap i a la fi era l'únic suport que teníem en aquell moment, perquè l'associació de veïns se n'havia rentat les mans. El director de l'institut havia parlat amb el president de l'associació però aquest li havia dit que no era res, que havia estat una baralla entre joves. Si una baralla entre joves ocasionava un mort, a la propera baralla racista no quedarien drets ni els blocs del barri.

El president de l'associació de veïns també va dir al director que no entenia per què havíem fugit, que ningú ens faria res, que això eren imaginacions nostres, excuses per escapar-nos de casa.

Per què no li va dir, com se sabia a tot el barri, que els pelats havien interrogat de mala manera els nostres coneguts preguntant si sabien on érem, amenaçant fins i tot els veïns i els companys de classe de la Rosa si no els deien on ens amagàvem?

–Què fem, Tina? –va preguntar la Rosa després de demanar un altre cafè.

–L'ambient està molt carregat. De moment més val que us quedeu amb els cosins de la Juana. I si no, em truques a casa. Jo visc prou lluny del barri perquè us pugueu estar a casa meva sense temor. De veritat. Et dono el telèfon. Però d'acostar-vos al barri ni parlar-ne. O us trobarà la policia, que el comissari ja vol tancar el cas i marxar de vacances, o us trobaran aquella colla de salvatges. I no sé què pot ser pitjor.

–Però, no ens podem amagar tota la vida!

–De moment és millor deixar refredar els ànims. Un bon amic meu és advocat. Havia pensat explicar-li el cas a veure què s'hi pot fer.

–I jo t'ho agraeixo, Tina, però ni la Juana ni jo tenim calés per pagar un advocat. Si no puc ni pagar aquests cafès.

–Els cafès els pago jo i per l'advocat no pateixis. Entendrà la vostra situació i, en aquestes circumstàncies, no us deixarà penjades. És un progre i molt amic meu –va dir picant l'ullet, amb la qual cosa la Rosa ja va entendre que era més que un amic.

–No t'ho podrem agrair mai prou –va dir la noia.

–Mira, Rosa, hi ha professors bons i professors dolents. N'hi ha que es fan els durs per controlar la classe. Altres, en canvi, s'estimen més anar de col·legues per dissimular, de vegades, que no saben ensenyar. Però per a tots, bons, dolents, ossos o col·legues, els estudiants són la seva matèria primera, el material de construcció, com el ciment o els maons per al paleta o les paraules per a un escriptor. Un any tens un bon curs i t'ho passes molt bé. Un altre any et toca un curs més irregular o desigual i pateixes una mica més. Però tots sabem que, per damunt de tot, ens devem als nostres estudiants, perquè els estudiants no són objectes, són persones vives de carn i ossos com nosaltres, i sense ells no som res, no existim. Jo entenc que això ho he de practicar també fora de l'aula, si l'estudiant vol; si no, jo no el puc obligar, perquè fora de l'aula jo no tinc cap autoritat.

La confiança que em demostres havent-me vingut a veure és la força que necessito cada dia per fer les classes, per saber que el meu ofici té sentit, que la meva vida té sentit. Jo sempre havia volgut ser mestra, saps? De petita ja jugava a fer classe als nens del meu carrer. L'institut, els meus estudiants, és tot el que tinc, i ho estimo més que res a la vida. Gràcies, Rosa.

–No, sisplau, gràcies a tu. Nosaltres sí que et necessitem.

Malgrat que la Tina es va oferir per dur-la al campament, la Rosa li va dir que no, que faria una volta i que tornaria a la caravana cap al tard. La professora va pagar els cafès i va posar uns diners a la mà de l'alumna, que els va acceptar amb una càlida mirada dels seus ulls gairebé de nena.

Quan la Tina va entrar a l'institut, la Rosa va notar que una llàgrima li lliscava per la galta.

16

El TERCER DIA d'estar a la caravana dels cosins sense fer res més que preparar una mica de menjar i jugar amb les nenes, n'estava farta. Seguíem vivint en aquella pineda prop de la carretera sense que ningú s'hagués queixat i cap poli ens hagués fet fora. Seguíem sense tenir més aigua que el bidó que anava a buscar el José a una font que hi havia a tres quilòmetres, i ell continuava buscant ferralla desesperadament per tenir alguns diners. Per sort la Rosa va aportar a les despeses les cinc mil pessetes que li havia donat la Tina i que van ser de gran utilitat per a les sis persones que habitàvem la caravana.

M'avorria molt, volia sortir, fer una volta, dormir al ras amb la manta i unes galetes, com havíem fet. I només feia que pelar patates i rentar robeta de nena. I encara estaríem una setmana a tenir notícies de l'advocat amic de la Tina. El món em queia al damunt, plantada allà sense res interessant per fer.

De vegades el meu cosí agafava la guitarra i tocava velles i tristes cançons. A mi allò em posava la pell de gallina i em feia venir ganes de plorar. Llavors m'aixecava i me n'anava a fer una volta, sola, fins al final del bosquet, allà on havia estat parlant amb la Rosa la nit que va tornar.

De retorn a la caravana vaig adonar-me que el José s'havia deixat la porta del darrere de la furgo oberta. Vaig anar a tancar-la, no per por que ningú robés res, sinó pensant que si no se n'adonava sortiria a la carretera amb la porta oberta i perdria la càrrega. Només li hauria faltat provocar un accident. Si no tenia ni assegurança! En anar a tancar, alguna cosa a l'interior em va cridar l'atenció. Era una capsa de cartró precintada que deia Sony amb lletres molt grosses. Vaig pensar que només era una capsa de cartró, però ràpidament vaig canviar d'idea. Des de quan les capses de cartró buides estan precintades? La vaig agafar i pesava força, per tant estava plena. Si el que hi havia dins es corresponia amb el que deia a fora, el meu cosí tenia una magnífica càmera de vídeo digital. Però, per què no ens ho havia dit?

I vaig tenir una idea. Bé, primer era com una nebulosa, però de mica en mica vaig anar veient cada cop més clar el meu pla. Era l'única possibilitat que la Rosa i jo teníem per sortir airosament d'aquell embolic. No podíem fugir sempre. Era molt fàcil. Només necessitàvem aquella filmadora i tenir una mica de valor. Era curiós com, en veure què hi havia a la capsa, havia desenvolupat un pla tan complex. Les millors idees sempre vénen en els moments més insòlits. És clar que també és quan més les necessites. Llavors s'aguditza l'enginy i la imaginació. Però necessitava la col·laboració del meu cosí i de la seva càmera. Eren les dues peces clau del pla.

Vaig esperar que la Chelo se n'hagués anat a dormir. El José fumava l'últim cigarret assegut a fora, en una de les cadires de plàstic. Malgrat les dificultats, no era un home rendit a la pobresa. Era un lluitador nat. Sempre ho havia estat i no estava disposat a llançar la tovallola ara que tenia dues filles per mantenir.

–És clar que funciona. Està per estrenar –va dir sense deixar de mirar a l'infinit.

–I d'on l'has treta? –vaig preguntar innocentment abans d'adonar-me que havia fotut la pota sense voler. Em vaig disculpar, però ell em va fer callar amb la mà.

–Hem de menjar tots sis. La furgoneta gasta gasoil. Les nenes necessiten roba i la Chelo també, encara que ella mai no es queixa. És una dona molt bona, però em fa por que un dia es cansi de tot això i foti el camp. No la culparé si ho fa. I jo faig tot el que puc per tirar endavant de mala manera. Sisplau, Juana, no facis preguntes que no puc respondre.

–Perdona, però és que tinc un pla voltant-me pel cap i em faria falta la teva càmera. Tu la podries fer servir abans de vendre-la?

–Per què?

–Per ajudar-nos a la Rosa i a mi a sortir de tot aquest merder. Tu t'encarregaries de fer-la servir. No l'usaria ningú més i anant amb compte després la tornem a embalar i ningú notarà res.

–No entenc de què pot servir una càmera de vídeo per resoldre l'embolic en què esteu ficades. Que no us estan buscant un advocat?

–Sí, però això dels advocats sempre va per llarg. Ja saps com van de lentes aquestes coses i, mentrestant, et consumeixes esperant al carrer, a la presó o amagades com nosaltres. Amb el meu pla ho resoldrem tot en un matí, però necessitem el teu ajut i la teva càmera.

–La Chelo no ho sap, que la tinc.

–Quan sàpiga en què la vols utilitzar estarà orgullosa de tu.

–Em sembla que puc esperar una setmana a vendre-la. No crec que el meu comprador tingui tanta pressa. Explica'm la teva idea.

Va encendre un altre cigarret i es va servir una mica més d'aquell vi fort i aspre que bevia.

Jo vaig treure el nas a la caravana per veure si la Rosa dormia. Estava realment excitada amb la meva idea. Vaig acostar-me al matalàs on dormia la meva amiga i el vaig sacsejar ben fort tot preguntant-li si dormia. És clar que dormia però amb aquell moviment es va despertar de cop.

–Vinga, desperta't, surt a fora que us he d'explicar una cosa a tu i al meu cosí. He tingut una idea.

Aquella pobra no sabia ni on era. Primer em va preguntar si ja era hora de llevar-se, després si venia la policia i finalment que per què nassos la despertava. Però finalment va sortir a fora embolicada amb una manta, amb els cabells esbullats, els ulls mig tancats i un badall gegant.

–Això m'ho pagaràs –va dir, no sé si de broma o no.

–Tranquil·la, que això acabaràs per agrair-m'ho.

–Val més –va dir amb un somriure que, amb la son, semblava un lament.

I sense més preàmbuls em vaig disposar a explicar el pla davant el meu auditori.

Records des del viaducte

17

QUAN VAIG ACABAR d'exposar-los la meva idea, el José no parava de gratar-se el cap com si tingués polls i la Rosa s'havia despertat del tot. De fet feia uns ulls com dos plats. El pla era molt simple, potser massa fins i tot. Nosaltres dues citaríem l'Andrés, a ell sol, al peu del viaducte de l'autopista que passa no gaire lluny del barri. Un cop allà intentaríem fer-lo cantar, fer-li reconèixer que va ser ell qui va matar el moro, amb l'excusa de proposar-li un pla per sortir de l'embolic en el qual tant ell com nosaltres estàvem ficats. La idea seria: ell retira les acusacions contra nosaltres i nosaltres no el denunciem.

–I tu creus que s'ho empassarà això? –va preguntar el José.

–No, què va, l'Andrés és un racista, no un burro. Es tracta només d'una excusa per fer-lo parlar de l'agressió als magribins, que és el que volem, no?

Bé. Mentre nosaltres forcéssim el diàleg amb el pelat, el José ho estaria filmant tot en vídeo. Quan ell hagués reconegut que nosaltres no havíem tingut res a veure amb l'agressió, donaríem la cinta de vídeo a l'advocat amic de la Tina. Allò seria una prova definitiva tant de la seva culpabilitat com de la nostra innocència.

–Dit així, sembla molt fàcil –va dir el cosí.

–La idea és força bona –va reconèixer la Rosa–. Però, com saps que una gravació en vídeo és una prova judicial?

–Bé, una tampoc no és burra del tot –vaig dir, fentme l'ofesa quan en realitat estava ben satisfeta–. Hi ha una cosa de mi que no saps, nena, i és que m'encanten les pel·lícules de mafiosos, policies, advocats i coses per l'estil. Aquelles pel·lis de Robert de Niro i Al Pacino, saps?

–L'únic punt dèbil del teu pla és què fem quan acabi l'entrevista. Li donem la mà i li diem que fins a una altra?

–És qüestió de tenir la furgoneta preparada i fugir corrents si les coses no van bé.

–Què us penseu, que la meva furgoneta és un cotxe esportiu? –va protestar el José.

–No ho veig clar –va insistir la Rosa.

–També li podem dir que ho estem filmant tot en vídeo i que si intenta fer-nos alguna cosa s'endurà un bon disgust.

Però això era descobrir les nostres cartes. Vam estar molta estona discutint aquest punt. El José opinava que allò era una bogeria, que acabaríem tots com el moro del parc, que aquells skins eren uns salvatges. Però la Rosa estava de part meva. Potser era una solució arriscada, però alguna cosa havíem de fer. Ja feia massa dies que estàvem amb els braços plegats. Primer havíem esperat per veure si tot es calmava. Després per veure si la policia feia alguna cosa per descobrir la veritat. Bé, si ningú feia res per nosaltres, érem les pròpies interessades les que havíem de moure fitxa. El problema seguia sent el de la retirada.

–Ho sento, però amb mi no hi compteu –va deixar anar el José cap a les tres de la matinada–. Això que proposeu és molt perillós, una bogeria. No puc arriscar la meva vida o la seguretat de la meva família. A més, necessito els diners que em puguin donar per la càmera de vídeo com més aviat millor. Ho sento.

Sense la col·laboració del José tot el pla se n'anava a la merda. Vam estar una estona en silenci fins que es va obrir la porta de la caravana i va sortir la Chelo, despentinada i amb els ulls gairebé tancats, però amb la veu ben clara i forta.

–Jo estic a favor del pla. Hem de resoldre el tema de la fugida, però crec que és el millor que poden fer per sortir d'aquest embolic. I tu i la teva càmera de vídeo, que ja m'explicaràs més tard d'on ha sortit, col·laborareu amb elles. La teva cosina també és la teva família, José, i la seva seguretat està en joc, no la meva ni la de les nenes. Jo voto a favor del pla.

I va alçar la mà esperant que nosaltres féssim el mateix. La Rosa ho va fer decidida, jo més tímidament. Em sabia greu deixar el meu cosí sol, però uns segons més tard ell també va aixecar el braç.

–Pel que fa a la fugida, em sembla que hauríem de demanar ajuda a la vostra professora. A veure què hi pot fer –va dir la Chelo–. Potser ella podria buscar ajut en alguna banda.

Vam discutir de nou el tema. Com més gent conegués el pla més arriscat seria, però probablement només la Tina ens podria donar un cop de mà. La Rosa va quedar que ja li trucaria per explicar-li la nostra idea. El José seria l'encarregat de posar-se en contacte amb l'Andrés per demanar-li una entrevista.

–Jo? –va dir espantat.

–No pateixis, no has de parlar pas amb ell. Només has d'anar al bar del Juan, allà al carrer de la Palma i donar un sobre a l'amo perquè el doni a l'Andrés. Passa mitja vida al bar. Viu més allà que a casa seva.

–Si m'enxampa, em mata –va mormolar el cosí.

–I per què t'ha d'enxampar?

–Ja t'ho explicaré quan torni, si és que torno.

Per aquella nit ja havíem tingut prou debat. Vam entrar a la caravana i ens vam estirar amb la intenció de dormir. Tot i que estàvem molt cansats, l'excitació ens impedia agafar el son. Però havíem de fer un esforç per dormir. La nit era fresca i humida i l'endemà teníem moltes coses per fer.

–D'aquí a uns quants dies farà una d'aquestes tempestes que s'emporten tot el que troben i, sense que ens n'adonem, s'haurà acabat l'estiu –va dir la Chelo mirant al cel abans de tancar la porta de la casa.

Llavors vaig pensar que aquells dies passats amb els meus cosins eren, probablement, els millors de l'any. Feia bon temps i encara no havia plogut. Però, com devien ser els llargs dies d'hivern amb fred i sense gaires hores de llum natural? Què feien quan havien de passar, tots quatre, hores i hores dins el reduït espai de la caravana perquè no parava de ploure? Jo havia imaginat aquesta forma de viure del José, la Chelo i les nenes com una manera de viure fantàstica. Mirant el cel cada nit, passant de la tele i de la porqueria que ens ven la societat, sempre en contacte amb la natura..., però tal com deia la Chelo la vida nòmada és dura i està plena de riscos, a més d'estar molt mal vistos pels paios. Un dia la Guàrdia Civil et fa fora d'on estàs acampat, el següent et roben i un altre dia els veïns del poble et miren de reüll com si fossis un empestat. La societat no tolera la gent diferent, per por i desconeixement. Els moros eren diferents, els gitanos també, i els homosexuals, i els malalts de la sida.

Donant voltes al tema de la diferència em vaig quedar adormida, tan profundament que no em vaig despertar amb la primera claror del dia, com em passava sempre. Quan vaig obrir els ulls, el José ja se n'havia anat cap a la feina i s'havia endut la nota que havia escrit la Rosa per deixar-la al bar del Juan. L'havíem posada en un sobre d'una citació judicial que havia rebut el meu cosí feia temps.

–A veure si es pensarà que el citen a un judici –va dir la Chelo rient.

A la tarda totes estàvem pendents de sentir el soroll del motor de la furgoneta. Quan va arribar, gairebé no el vam deixar baixar del vehicle.

–Què, què?

–Tranquil·les, tot ha anat bé. Estic sencer, ningú m'ha apunyalat.

El bar feia por. Era al fons d'un carreró de mala mort on no hi entrava mai el sol. Era un forat fosc i pudent, que feia venir ganes de vomitar. A l'entrar els tres parroquians el van mirar de dalt a baix. Devien pensar que qui era aquell gitano que havia gosat entrar en aquell bar, però no van dir res, van seguir fumant i escopint a terra mentre s'acabaven les copes d'anís.

L'amo va sortir de darrere unes caixes de cervesa. Era un tio tan inquietant com el seu negoci. Només li faltava menjar plàtans per ser un simi. Al José li suaven tant les mans dels nervis que li feia por desfer el sobre que portava. Amb la veu tremolosa va preguntar si era l'amo del local. El mico va respondre un breu «sí».

El José va anar per feina. No volia estar ni un segon més dels imprescindibles en aquell antre. Va dir que portava un encàrrec per a l'Andrés i li va allargar el sobre. L'amo del local es va estranyar de rebre un encàrrec per a l'Andrés per escrit i en un sobre, probablement era el primer cop que el pelat rebia un sobre al bar del Juan. El va agafar, el va mirar i va preguntar al José si l'encàrrec era personal.

–És clar.

L'home es va arronsar d'espatlles perquè no entenia per què tanta sofisticació per un encàrrec, però no va obrir el sobre, que és el que es temia el meu cosí. Es va limitar a deixar-lo al prestatge dels licors.

–Ja l'hi donaré quan el vegi –va acabar la conversa.

El José va fer mitja volta i va sortir a tota metxa. Quan va recuperar els carrers banyats de sol, va haver de buscar una font i rentar-se la cara. Estava marejat, li tremolaven les cames i la suor li corria per tot el cos, però havia acomplert el seu objectiu, bé, tot no, la primera part de la seva missió. La segona encara era més delicada i hauria d'estar molt tranquil per no perdre el control.

Quan va acabar l'explicació, la Chelo li va posar un got de vi al davant i se'l va beure d'un sol glop. Amb el segon got ja es trobava molt millor i ja li començava a venir la gana.

El que havia de fer per aquella família, va pensar al llit mentre s'abraçava al cos calent de la seva dona.

18

EL QUE VA FER el cosí José i els moviments secrets d'aquells dies no ho vaig saber fins al cap d'un quant temps. Els resultats els vaig veure aviat, però no la trama. Més o menys va anar així.

«Volem parlar amb tu per solucionar les nostres diferències. Si vols, vine tu sol demà dia 23 a les quatre de la tarda. Ens trobarem sota el viaducte de l'autopista. Et garantim que estarem soles. Juana González i Rosa Simón.»

El primer que li va passar pel cap a l'Andrés Pastor quan va llegir la nota que li havia donat l'amo del bar va ser pensar «de què van, aquestes ties?», que ben bé no vol dir res. Però el noi alt, prim i amb el cap rapat no es caracteritzava per la seva capacitat d'anàlisi de la realitat, precisament, o sigui que la frase pronunciada no deixava de tenir un punt de reflexió. Va restar pensatiu uns moments, amb la mirada concentrada a observar com es fonia l'escuma de la cervesa. Si fos per ell, ja s'hauria oblidat d'aquell parell de ties, però la mort del moro i la detenció del Pedro i el Luís havia complicat molt les coses. S'havia embolicat la troca de mala manera i no podia fer marxa enrere. L'única sortida que tenia era complicar les noies i esperar a veure per on petava tot. Per sort el Juanma havia tingut temps de marxar a Andorra a viure amb el seu cosí, un exdrogoaddicte que catorze anys abans s'havia escapat d'una mort segura anant a viure al petit país dels Pirineus, on treballava en uns grans magatzems.

I ara aquelles, què volien? Encara tenia la nota entre les mans. Què havia de fer? Si passava i no es presentava potser perdria una bona oportunitat de fer un tracte amb elles. Tampoc no ho tenia fàcil. Presentar-se a la cita tot sol, tal com li exigien, era un risc que no es podia permetre. Segur que no avisarien la poli, perquè elles dues estaven buscades per ser còmplices d'un homicidi. Però amb les dones no se sap mai, el millor seria anar escortat. Si és que finalment hi anava. Va estar pensant-hi fins que va aparèixer el Félix, un altre cap rapat com ell, pantalons texans mig pam per sobre els turmells, sabatilles d'esport negres i mitjons blancs, i el va ajudar a prendre la decisió.

–Si jo fos de tu, hi aniria, a veure què diuen. Per escoltar no hi perdràs res. De la teva seguretat me n'encarrego jo i els meus col·legues dels billars, ja saps, gent fidel. Tu vés-hi sol, però nosaltres vigilarem de prop.

–Sí, però es tracta que em protegiu, no que organitzeu una batalla campal pel simple plaer de fotre llenya, d'acord?

–Ets un tou, Andrés. Això deu ser per l'edat. No pateixis, tio, no actuarem si no és imprescindible. Serem quatre. Et sembla que n'hi haurà prou?

–De sobres.

–Tu escolta el que et proposin i pensa-t'ho bé

abans de dir que sí, que les ties són molt llestes i amb quatre paraules t'han portat a l'hort.

–Però, tu per qui m'has pres, idiota! Sé perfectament el que em faig. Segurament seré jo qui me n'emportaré alguna a l'hort –va respondre molest l'Andrés.

–La gitana aquesta té unes bones tetes, eh! –va dir el Félix.

–Doncs l'altra té un cos que no està gens malament.

–Totes les ties tenen alguna cosa que ens tira, oi, Andrés?

–Sí, potser per això sempre ens enreden i acabem com bens degollats davant l'altar.

–No t'hi veig ara mateix. O sí? –va preguntar, sorprès, el Félix.

–Què va, si ara no tinc ni noia. Però això no vol dir que quan en trobi una...

–Ja, no cal que m'ho diguis, que fa tres mesos que surto amb la Loli, la dependenta de la carnisseria, i em fa anar tan de cul que sense adonar-me'n sempre acabo fent el que ella vol.

–Mira el Félix. Que calladet ho portaves. Així que amb la Loli... Doncs enhorabona.

–No corris tant. La tia està com vol, és simpàtica i ens ho passem molt bé anant a ballar i això, però jo sóc molt meu i no penso deixar els meus col·legues, ni les meves festes –va protestar el Félix, perquè es va imaginar que l'altre el donava per domat i casat.

–Ja en parlarem d'aquí un temps.

–Això, dóna'm temps.

Van brindar amb cervesa per la sort a la vida, amb les dones i els amics. I després de fer un trago llarg, el Félix va marxar dient que havia d'anar a buscar la xicota a la feina. Va dir a l'Andrés que no patís per la trobada, que ells arribarien al lloc abans que ell. Es van donar la mà picant ben fort, com fan els jugadors de bàsquet.

El cosí José va veure arribar els quatre pelats des de la magnífica talaia que s'havia buscat. Estava amagat darrere una de les columnes del viaducte. Des d'allà no podia fer res per les noies, però la panoràmica era excel·lent i podia filmar tot el que passés. A l'esquerra hi havia el camí que es perdia entre la brolla i al davant la part on s'eixamplava al passar per sota l'autopista, que és on s'havia de produir l'entrevista. Des de baix era impossible que ningú el veiés. Mitja hora abans de les quatre ja tenia la càmera instal·lada amb la cinta a punt, la bateria carregada i una altra de recanvi. Fumava un cigarret per matar l'estona i de passada els nervis, quan va veure arribar el Félix amb tres pelats més pel camí que sortia del barri. Després d'inspeccionar el lloc, dos van entrar per una banda del camí, per tallar una possible fugida i els altres dos van desaparèixer de l'angle de visió del José per la part més ampla del camí, com si tornessin al barri fent una gran volta.

–Cabrons!

Al José allò li va fer molt mala espina. Havia fet bé de no fiar-se'n. Perquè el cosí de la Juana no es va creure en cap moment que l'Andrés aniria sol a la cita. Coneixia molt bé aquella espècie de personal, o sigui que posats a fer trampes, ell també n'havia fet.

El dia que va anar a portar la nota al bar del Juan

va estar una bona estona voltant buscant el Mario, un noi molt amic de la Juana. Havia sentit que ella en parlava algunes vegades i, sense que ella se n'adonés, havia aconseguit treure-li com era i els llocs que freqüentava. I l'havia trobat al magatzem del supermercat on treballava durant l'estiu. El José va donar la volta a l'edifici fins que va trobar la porta de càrrega i descàrrega. Va entrar i el va trobar portant unes pesades caixes de llaunes de tonyina en escabetx.

–Acabaré avorrint la tonyina –va dir el noi deixant l'última caixa al seu lloc.

–Doncs és una llàstima, perquè és molt bona –va respondre el José alhora que aprofitava per presentar-se–. Et porto notícies de la Juana.

El Mario va escoltar atentament les explicacions del José. Ell i la Juana eren amics des de petits. Anaven a la mateixa escola i després van anar al mateix institut. Ell va ser qui es va oposar amb més fermesa que la noia deixés els estudis, però finalment va decidir que era ella la que havia de decidir el seu futur i va deixar d'insistir. Això va fer que passessin un temps força distanciats, però no van perdre del tot el contacte. El barri tampoc era tan gran per perdre's del tot. El noi va quedar parat amb el relat del cosí.

–Ella t'ha anomenat alguns cops i sempre referintse a tu com un dels seus millors amics. Per això vinc a demanar-te ara que l'ajudis. Ja saps com és la meva cosina, segurament ella mai t'hauria demanat que l'ajudessis, en això és una bona gitana, orgullosa i decidida, però jo sóc més realista i crec que necessitem que tu i els teus amics ens doneu un cop de mà.

El noi no sabia ben bé com reaccionar. Sí que era

amic de la Juana i fins i tot havia cregut en alguna ocasió que n'estava enamorat i era clar que la volia ajudar, que faria per ella el que calgués. El relat del José l'havia emocionat i angoixat a la vegada. La Juana i la Rosa havien de sortir tan aviat com fos possible d'aquella situació tan crítica; però, què hi podia fer ell que no era ni fort, ni valent i que odiava la violència davant una colla de pelats amb ganes de venjança?

–No es tracta d'organitzar una baralla ni res per l'estil –va puntualitzar el José–. Jo crec que si reuneixes un grapat de companys de l'institut i apareixeu pel camí com si estiguéssiu fent una volta, els ànims es poden refredar.

Van quedar que el Mario buscaria els companys de classe que estiguessin disponibles i que esperarien en algun solar dels afores del barri des d'on es pogués veure el viaducte. En José li va explicar on estaria amagat. Si les coses es complicaven ell els faria un senyal perquè es posessin en marxa i apareguessin al viaducte com aquell qui no vol la cosa. En la confusió del moment les dues noies podrien córrer fins a la furgoneta on les esperaria la Chelo.

–I com ens avisaràs? –va preguntar el noi, que ja estava entre nerviós i excitat per la missió.

–Com s'ha fet sempre, fent la rateta amb un mirall.

Es van donar la mà i el noi va continuar carregant caixes mentre mentalment anava fent la llista de possibles candidats a voler-se jugar la pell davant uns pelats. Va començar la llista pels de l'equip de futbol. Eren els més forts. Quan va acabar la jornada al súper, va començar a buscar.

Instal·lat a la talaia, amb el pas veloç dels cotxes

pel viaducte, el José va pregar al cel perquè les gestions del Mario amb els companys de l'institut haguessin donat resultat. Els nervis de l'espera li estaven destrossant l'estómac.

–Què, Agustina, l'han convidada a la concentració d'alumnes de demà? –va preguntar el senyor Damián, el propietari de la granja on anava la Tina a esmorzar cada matí.

–No sabia que hi hagués cap reunió d'estudiants de l'institut en ple mes de juliol.

–Doncs ahir a última hora de la tarda es van reunir aquí, com a mínim una trentena. Em sembla que el que duia la veu cantant era un que es diu Mario o Mariano.

–I on es trobaran? –va preguntar estranyada la Tina.

–Parlaven del solar de la vella fàbrica tèxtil, aquelles naus mig ensorrades que hi ha sortint del barri, molt a la vora del viaducte de l'autopista. Deuen estar preparant una festa, ara està molt de moda fer festes a l'aire lliure.

Si es tractava del Mario que ella suposava, era estrany que estigués preparant una festa. No és que el noi fos un escolanet, però tampoc era un líder d'aquells que mouen les masses. Li semblava recordar que a l'última festa que s'havia fet a l'institut no hi havia ni anat. Va acabar d'esmorzar, però no es podia treure del cap aquella reunió en plenes vacances i, a mig matí, encara seguia donant-hi voltes. En el que li havia explicat el senyor Damián hi havia una cosa que no quadrava: com podia ser una festa i que tot fossin nois, com a mínim els que s'havien reunit a la granja?

Va pensar que preguntaria als seus companys si sabien o havien sentit alguna cosa, però a l'últim moment es va estimar més no fer-ho. No volia aixecar sospites. La majoria eren més joves, inexperts i feia menys temps que ella que eren en aquell centre i, a més, la majoria hi havien arribat una mica a contracor. No haurien sabut com reaccionar davant la sospita que una part dels estudiants estaven a punt de participar en una baralla de carrer. Perquè, quina altra cosa podia ser, si no? O sigui que va decidir actuar pel seu compte. Cap a migdia va sortir a fer una volta i des de la cabina, per evitar les parets que hi senten, va trucar al Joan Santblancat, l'amic advocat.

–Pot ser que tingui alguna cosa a veure amb el tema de les noies? –va preguntar l'advocat.

–És clar, com és que no se m'havia acudit abans! Doncs sí, per què no? –va respondre la Tina, sorpresa per haver estat incapaç de relacionar les dues circumstàncies–. Ets un crac, Joan.

–Espero que em deixis demostrar-t'ho una nit d'aquestes.

–D'aquí a una setmana començo les vacances. Tu, què faràs a l'agost?

–Primer resoldre els teus problemes d'ordre públic. Saps què? Tu i jo anirem a aquesta festa sense estar-hi convidats. I si veiem que les coses es compliquen no ens quedarà més remei que avisar la policia. Tinc un amic a menors que de tan bo que és no sembla ni poli.

–Però, no pot ser perjudicial per a la Juana i la Rosa? –va preguntar la Tina, una mica angoixada.

–Mira, Tina, en tots els conflictes arriba un moment que és necessari destapar l'olla i que surti tot.

Si la baralla va del que jo m'imagino, potser aquest moment arribarà demà mateix. Perjudicar-les no, perquè quan s'arriba a una situació així és quan es toca fons, i a partir d'aquí es comença a pujar. No deies l'altre dia que s'havia de desencallar la situació perquè no s'eternitzés? Doncs pot ser que tinguem la gran oportunitat davant dels nostres nassos.

La Tina es va quedar tranquil·la i torbada amb les paraules del seu amic advocat. Tranquil·la, perquè el Joan era un excel·lent professional que sabia molt bé el que es feia. I si ell deia que era una bona ocasió per desencallar el tema, és que ho era. I quan deia que deixés l'assumpte a les seves mans sabia de sobres que el tema estava en bones mans. Però, per altra banda, sempre que parlava amb el Joan sentia com un corrent elèctric que li recorria el cos. Era un noi guapot, seriós, un bon advocat que guanyava més pasta en un mes que ella en mig any. Ell estava més que enamorat d'ella i ella també creia que ho estava. Si no, per què aquesta punxada torbadora cada cop que parlava amb ell, cada cop que sortien a sopar, o cada cop que anaven al teatre o al cine?

Semblava mentida que la Tina –una rossa alta, quaranta anys, de bon veure, feta a mil i un instituts que si l'un era conflictiu l'altre encara més, que havia tractat tota mena d'adolescents que la respectaven i l'apreciaven– tingués por d'establir una relació més seriosa, d'aquelles que a la llarga lliguen.

Però, no era això el que desitjava?

L'estiu decidiria. S'havia d'arreglar primer el nostre tema.

19

NOSALTRES vam arribar a l'hora en punt, nervioses i mortes de por, com si anéssim a un examen. És clar que era pitjor que un examen, perquè no hi ha escoles en què, si no aproves, et clavin una navalla o una pallissa. Vam mirar al voltant i ens va fer la sensació que desenes d'ulls ens observaven. Era impossible, però els nervis ens feien veure ulls entre la malesa. L'únic que ens observava era el José, suposàvem.

Els cotxes passaven veloços sobre els nostres caps. A aquesta hora el trànsit era molt intens i cada cotxe era com un cop de martell sobre la llosa de formigó del viaducte creant una espècie de ritme de percussió que es convertiria en la banda sonora del nostre encontre amb l'Andrés, si és que venia.

–I si no ve? –vaig preguntar sense esperar resposta.

–No ho sé. Quanta estona esperarem abans de marxar? –va preguntar també la Rosa.

Tot eren preguntes i dubtes en aquell moment. De cop em va semblar que hi havia moltes coses sense lligar en el pla. Aquella idea em va horroritzar. Vam esperar cinc minuts. Cada minut era una eternitat. Llavors em vaig adonar que havíem fet l'idiota sent puntuals. L'espera inquieta. Era el que estava fent ell, fent-nos posar nervioses. Ho havíem d'haver fet nosaltres. Però no hi havíem caigut.

–Ve algú –va dir la Rosa.

–És ell i ve sol –vaig dir fluixet.

Era ell, l'Andrés Pastor, tan gallet i arrogant com sempre. Amb els pantalons ajustats uns centímetres per sobre els turmells, mitjons blancs, blanquíssims, sabatilles esportives i una samarreta curta i arrapada que marcava una musculatura treballada a base d'hores d'aixecament de pesos al gimnàs. El nas de ganxo i el front prominent eren els trets que més destacaven d'aquell cap absolutament rapat. Llàstima que fos un salvatge racista, perquè estava realment bo.

Ulleres de sol, mans a la butxaca, anava xiulant.

Es va detenir a uns deu metres d'on érem nosaltres i no es va molestar ni a dir «hola». Va anar al gra.

–Què voleu?

En aquell moment ens vam quedar sense veu. Malgrat que ho havíem assajat algunes vegades en aquell moment no sabíem com començar, amb quina frase. Va ser la Rosa qui va parlar primer. Les seves paraules van sonar com empeses per un ressort automàtic, gairebé metàl·liques.

–Que ens deixeu en pau d'una vegada, perquè sabeu de sobres que nosaltres no hem fet res.

–Éreu allà –va respondre.

Sempre havia estat un individu bastant escàs de paraules. Tampoc anava gaire sobrat d'intel·ligència.

–Estàvem assegudes en un banc del parc parlant de les nostres coses. Que jo sàpiga no és cap delicte –vaig dir.

–I una merda. Estàveu espiant què fèiem.

–No és veritat. Vam sentir crits i ens vam aixecar a mirar què passava. Lògic, no? Si haguéssim sabut que éreu vosaltres no ens hauríem ni immutat –vaig seguir.

–Et penses que m'ho creuré, gitana mentidera? Éreu allà espiant-nos per anar a explicar-ho a la poli i quedar com dues nenes bones al barri i que ens empaperessin a nosaltres. O és que et penses que em mamo el dit? Tu –va dir assenyalant-me amb un dit acusador que se'm va clavar com un punyal–, ets pitjor que els moros.

–Escolta, tio –es va envalentir la Rosa–. Vés amb compte amb el que dius o s'ha acabat l'entrevista.

–Mira l'altra mosca morta. Et penses que em trauràs alguna cosa? Qui us envia?

–No ens envia ningú –va seguir la Rosa, que ja estava vermella d'ira–. Ja saps que no us hem denunciat a la policia i que mai no ho faríem. Per això volem que ens deixeu en pau. És demanar gaire això?

–Ja, i que ens carreguin el mort a nosaltres.

–Per què ha de carregar ningú amb res?

La meva amiga estava intentant anar al gra perquè l'altre acabés ficant la pota. L'estava provocant molt bé, la Rosa.

–Els morts són incòmodes –va respondre el pelat–. Sobretot per al qui ha de carregar amb ells –va tornar a mirar-me–. Al barri ningú vol negres ni moros, però tothom calla per por que li diguin racista. No diuen res, però en el fons tots estan satisfets que féssim el que vam fer. Des d'aquell dia les rates estan amagades a les clavegueres. És com si tots haguessin fugit.

–Doncs si creieu que vau fer bé per què us amagueu?

–Perquè donar un toc a un moro perquè tothom ho sàpiga i deixin de robar a les botigues i d'assetjar les noies, resulta que és delicte.

–Home, hi ha maneres i maneres de donar un toc.

Ja el tenia. La Rosa el tenia al sac. Estava a punt de caure en la trampa com un conill.

–Ja vaig dir al Juanma que s'estava passant amb ell, però total què més dóna un moro més o menys. N'hi ha a milers.

–Però era un ésser humà.

–Era una rata pudent com tots. Hauríem de fotre'ls d'hòsties a tots fins que saltessin a l'aigua i tornessin nedant al seu país.

–Però és que en aquest país hi ha unes lleis que s'han de respectar. Què et penses que vius a l'*Oeste*?

–Lleis, quin fàstic! –s'estava escalfant–. La policia odia tant els moros com nosaltres i els jutges ja no saben què fer amb ells. Ens haurien de pagar per cada un que liquidéssim. Els hauríem d'haver matat a tots aquella nit al parc. Vam ser massa tous i només ens en vam carregar un. Si haguéssim acabat amb els altres tres, ens hauríem estalviat aquest embolic.

–Una mica bèstia, no? –vaig dir.

–Què passa! Aquest tio que es va carregar el Juanma només era un moro de merda, res d'important. I tu vigila, perquè quan acabem amb aquests anirem pels gitanos.

Vaig resar perquè la càmera de vídeo hagués funcionat bé i hagués quedat tot gravat. Si no, ho teníem malament. O ho teníem malament de totes maneres?

Nosaltres estàvem mortes de por, però l'Andrés també estava nerviós. No s'estava quiet. Ni amb les mans ni amb els peus. Se'l notava incòmode.

–Bé, noies, s'ha acabat el joc. Prou preguntes. Ara sóc jo qui pregunta. Digueu-me què m'oferiu a canvi que retiri la denúncia i veurem si hi ha tracte.

–Si tu retires la denúncia, nosaltres et prometem que no testificarem en contra vostre. Vosaltres us oblideu de nosaltres i nosaltres de vosaltres –va dir la Rosa.

–A més la Rosa i jo marxarem del barri per sempre. No us tornarem a veure mai més. I si mai ens veiem serà com si no ens haguéssim conegut –vaig afegir jo fora de guió.

D'anar a viure juntes a un altre barri n'havíem parlat molt per damunt durant aquells dies, i ho vaig dir perquè pensava que donaria més força a les nostres promeses d'oblidar-nos d'ells. La Rosa em va mirar de reüll. En aquell moment vaig dubtar si el gest era un somriure o una contrarietat. Vaig trigar a saber-ho.

–Això no és res. Què en trec jo, de tot això? –va preguntar incrèdul l'Andrés.

–Et sembla poc el que en treus! Ningú et culparà de res. Quedaràs lliure i sense càrrecs –va parlar la Rosa com un advocat.

–Us penseu que sóc tan tonto del cul per fiar-me de vosaltres?

–També nosaltres ens hem de fiar de vosaltres. Fem cara d'idiotes? –va respondre la meva amiga.

–Hem de confiar els uns en els altres. No ens queda un altre remei si volem sortir de tot això –vaig dir tot seguit.

–Bah, amb això no en tinc ni per començar. Com voleu que em refiï de dues nenetes com vosaltres. Us penseu que sóc imbècil o què? El Juanma ha hagut d'amagar-se, a mi la poli m'ha fet massa preguntes i els altres dos estan a la presó. Si caic jo, us arrossegaré a la ruïna amb mi. En aquest viatge hi haurà lloc per a tothom. La vostra paraula és paper mullat per mi. Pel que fa a la policia, ni us escoltarà. Es moren de ganes de trobar algú per culpar-lo de tot.

La Rosa va mirar l'infinit un instant i va fer la pregunta definitiva.

–Molt bé. Si no en tens prou amb la nostra paraula, què més vols?

L'Andrés no va dubtar ni un moment, la veu no li va tremolar el més mínim, el rictus de la cara tampoc malgrat el que va dir.

–Vull la gitana.

–Què! –va saltar la Rosa.

–El que heu sentit. O això o no hi ha tracte –va respondre fredament.

–Però, tu què t'has cregut, que vius als temps de l'esclavatge? –va respondre la Rosa encarant-se amb ell.

–Tu mateixa. Em dónes la teva amiga i retirem la denúncia. O això o res.

Jo m'havia quedat com la dona de Lot. No vaig plorar, ni cridar, ni posar-me histèrica i tampoc tenia por. Quan la ràbia et puja per tot el cos, no pots sentir res més ni tenir cap més sensació. La ràbia ho pot tot. T'omple fins a l'últim racó i et provoca una força constant que fa que no paris durant el temps que convingui fins a veure acomplert el desig. Però això ho vaig pensar després. En aquell moment l'hauria matat.

–Tranquil·la, Juana, no permetré que aquest cafre et toqui ni un pèl.

La Rosa m'havia abraçat, m'estava parlant a un mil·límetre del rostre i em mirava directament als ulls intentant transmetre'm calma i seguretat. Però jo no la sentia, no la veia, no l'escoltava. Només tenia la ràbia que m'envaïa el cos per moments. La Rosa es va girar de nou cap al pelat i el va insultar. Ell no es va ni immutar. Tenia un riure cínic dibuixat als llavis.

–És un bon tracte. La gitana per a mi i la tranquil·litat per a totes dues. No tinc nòvia, ni cuinera, ni ningú que em faci certes coses i un home això ho necessita –deia cínic.

–Si goses acostar-te a la Juana, et denuncio per agressió sexual. Ja veurem qui riu últim –va dir la Rosa, indefensa.

–No pateixis que no la penso forçar a res. Diuen que les gitanes són molt complaents amb el seu home i que sempre fan el que els demana. És veritat o no, Juanita?

M'havia quedat muda. Per què gastar forces responent? M'estimava més estalviar energia vital per poder satisfer la meva ràbia. Ara estava molt tranquil·la. No havia vist mai tan clarament que la nostra situació es resoldria tan aviat i bé. Aquell pobre tio estava ben perdut, ho tenia tot perdut. Es menjaria el marró per la mort del moro i per algunes coses més. El que estava fent amb nosaltres eren les últimes extremituds. Notava que li faltava aire per respirar i feia el possible per no ofegar-se.

Però s'ofegaria en la seva pròpia merda. Segur.

20

–MENYS insults i més decisions. Teniu un minut per donar una resposta definitiva a la meva proposta. Estic fart d'aquesta conversa inútil, que m'insulti aquesta histèrica i d'aquest lloc fastigós. O sigui que ja ho sabeu, compto fins a seixanta i responeu –va dir l'Andrés.

–Mira, nen, em sobren exactament cinquanta-nou segons per meditar la meva resposta: Vés a prendre pel cul. M'has entès? L'entrevista s'ha acabat. Adéu.

La Rosa no va dir res més. Em va agafar pel braç i vam començar a caminar cap enrere en direcció a la furgoneta del José que no estava a la vista. Estàvem preparades per sortir corrents si era necessari, que ho seria, però de moment no volíem provocar més el pelat. Hi va haver un moment de desconcert que vam aprofitar per fer uns passos més en direcció a la nostra fictícia sortida d'emergència, però només va ser un moment. Generalment els skins, per no tenir, al cap no hi tenen ni un pèl, però quan aconsegueixen establir una relació de causa-efecte, actuen de pressa i de manera ferotge. I tant si actuen!

–Però, de què aneu, mosquetes mortes? Potser us

penseu que m'acollonireu amb la vostra xuleria de pacotilla? Que potser us xivareu al vostre pare?

–Deixa'ns tranquil·les. No t'hem fet res. Fot el camp –va cridar la Rosa, que s'estava posant nerviosa per moments.

La Rosa em va estirar amb força. Vaig fer dos o tres passos enrere. Ens estàvem posant nervioses i aquell tio se n'estava adonant. Ell, per contra, cada cop estava més segur de dominar la situació amb comoditat. Controlava i començava a riure's de nosaltres.

–No pretendreu marxar sense acomiadar-vos? On us penseu que aneu? A la poli a explicar-li que els meus amics i jo ens vam carregar un moro perquè no ens agradava la cara que feia?

Mentre parlava es va treure una navalla de la butxaca de darrere els texans. Brillava com un mirall.

–Quietes aquí. D'aquí no marxa ningú sense el meu permís, entesos? Tu, deixa anar el braç de la teva amiga. Que sou *tortilleras* o què?

La Rosa em va deixar anar al moment, com punxada per una descàrrega elèctrica. El pelat va seguir controlant.

–A mi no m'agraden les *bolleras*, sabeu? Són totes unes tarades. Els meus amics i jo tenim un bon remei contra aquestes malalties. Us agrada el xarop de bastó?

–Calla, porc –va dir la Rosa a la desesperada.

Jo seguia sense badar boca. De fet em mossegava els llavis per no cridar alguna barbaritat inútil. Notava una gota de suor freda baixant-me a tota velocitat per l'esquena. Les mans també em suaven, però tenia el cap fred, molt fred. Vaig notar com en un pas enrere mal donat trepitjava una pedra força considerable.

El que em feria els sentiments era aquella navalla lluent, aquella fulla d'acer brillant que semblava reclamar sang a crits. M'havien explicat massa històries de navalles tacades de sang a la meva família, i totes havien acabat molt malament. Per això no podia suportar tenir davant meu algú amb una navalla oberta a les mans. Revivia massa fantasmes.

–Mireu, porques, ja n'estic tip –va dir.

Però no vam donar-li temps per continuar. Em vaig ajupir, vaig agafar la pedra i l'hi vaig tirar contra la mà que sostenia la navalla. Li vaig fotre un bon cop i l'arma li va caure a terra, però jo estava massa lluny per poder-la agafar. Com a mínim es va endur un bon ensurt.

–Ja m'havien advertit que les dones sou més perilloses que els gats –va dir amb cara de cabrejat, tot fregant-se la mà adolorida per l'impacte de la pedra–. Per sort he pres precaucions, per si de cas dueu una pistola amagada a les calces. Què us pensàveu, que vindria sol?

Dit i fet. De darrere dels arbustos que ens quedaven a la banda dreta van aparèixer dos tipus calcats a l'Andrés: pelats, texans de pesca, mitjons blancs i ulleres de sol de cent duros, amb un aspecte de matons de mala mort, però que em va inquietar. Entre tots tres eren capaços de pegar-nos com van fer amb els moros. I tant si ho eren.

–Vaja, home, ja sabia que eres un trampós –vaig dir gairebé sense voler–. Si quan eres petit ja feies trampes jugant a bales al pati, què no havies de fer de gran! Què faràs amb nosaltres, pegar-nos fins a deixar-nos mortes? I després, què direu a la poli, que vam ser nosaltres les que us vam incitar a fer-ho?

Era conscient que parlava per parlar, per guanyar temps, per pensar què podíem fer, per preparar-me per córrer fins que m'agafessin, per fer-me a la idea que rebria una bona tanda de cops de puny... Els dos tipus ens van tancar el pas per darrere amb facilitat. Havíem d'haver fugit al moment de veure'ls. Per què no ho havíem fet?

Vaig mirar cap on hi havia el José i vaig veure un raig de llum que es reflectia en un vidre o en alguna porqueria de les moltes que hi havia en aquell pont sota l'autopista. Si aquella era la meva última visió del món, és que la vida era un fàstic.

En un segon em van passar moltes coses pel cap: els dies que havia passat amb la Rosa, les matinades que havíem viscut juntes amagades en algun bosquet, les nits estelades, la caravana del José, fumant, xerrant, mirant el cel i demanant un desig cada cop que vèiem una estrella fugaç. El meu desig sempre era el mateix: poder passar tot el temps del món amb la meva amiga, sota aquella volta celeste immensa que ens protegia de tot el que passava al nostre voltant, com una campana de vidre.

Els que ens barraven el pas duien bats de beisbol.

La Rosa em mirava amb ulls de comiat i em va agafar la mà amb força. La seva suor es va ajuntar amb la meva en una espècie de comunió del pànic. No ens dèiem res, només ens miràvem. Els cotxes passaven veloços per damunt l'escena amb un ritme descompassat i atroç. Un soroll infernal que se sobreposava a un altre que se sentia de lluny. Era el so d'una sirena de policia. Jo vaig mirar la Rosa amb cara de preguntar-li si havia estat ella. La Rosa em va mirar a mi demanant-me el mateix. L'Andrés i els seus amics estaven tan perplexos que no sabien si apunyalar-nos, fugir o rendir-se. Van optar per insultar-nos lleument, però amb duresa.

–Totes les ties sou unes putes. No m'havia d'haver fiat de la vostra paraula –va dir l'Andrés, amb la mirada cansada del que se sap perdut.

Jo feia estona que havia llegit la derrota al seu rostre. No sé per què però ho havia notat. En un segon un veí del barri, el nen amb qui havia jugat al pati de l'escola de petita, el noi que s'havia convertit en xenòfob només perquè ho eren els seus amics, i li havien fet creure que els estrangers ens venien a prendre la feina, es va convertir en una ombra que fugia cap enlloc pel camí ple de vidres, deixalles i malesa.

Unes setmanes abans havíem estat nosaltres les que havíem hagut de fugir. Per què construïm les nostres vides sobre la derrota dels altres?

–Us mataré, us juro que us mataré encara que hagin de passar cent anys –va ser l'únic que va dir abans de desaparèixer.

La mirada que em va clavar no em va deixar cap dubte sobre si seria capaç de complir la seva promesa. Jo sabia que, des d'aquell moment, l'Andrés Pastor només viuria per exercir la seva venjança. La ràbia li provocava una brillantor especial que va deixar una estela en la fugida.

Encara mirava cap on havien marxat els tres pelats i la policia que els perseguia quan vaig notar una mà a l'espatlla que em deia que tranquil·la, que ja havia passat tot. Era la Tina.

Em vaig girar. Feia dies que no veia tanta gent. El meu cosí, la Chelo, les nenes, alguns antics companys de l'institut amb el Mario al capdavant, l'advocat amic de la Tina, sis o set policies, tres cotxes patrulla. Què hi feia tanta gent allà? I la Rosa que plorava desconsoladament. S'havia comportat com una tia dura durant tot aquell temps, però ara li sortia tot. No podia més, però si havíem resistit tot el que havíem resistit era gràcies a la seva fortalesa. Vaig passar de tothom i vaig anar directament cap a la meva amiga. Ens vam abraçar i plorar una bona estona. No vam dir res perquè no hi havia res per dir.

A partir d'aquell moment tot va anar molt de pressa. La policia va detenir l'Andrés i els seus socis l'endemà a la matinada. Em sembla que es van amagar a la barraca de les vies del tren on havíem passat la primera nit la Rosa i jo. Els van trobar de nit, els van estar vigilant i, així que es va fer de dia, els van caure al damunt com un xàfec. No van intentar fugir ni van oposar resistència. Què havien de fer, sinó?

El jutge va declarar presó sense fiança per a tots tres i els seus advocats d'ofici, un parell de jovenets amb poca experiència, amb prou feines van gosar badar boca per rebatre la decisió. Pel que fa al Juanma, l'únic dels buscats per l'assassinat del parc que estava en llibertat, va ser reclamat per la justícia espanyola al govern del Principat d'Andorra, però la seva extradició encara anava per llarg. La policia d'aquell país, però, deia que el tenia ben vigilat perquè no fugís a França.

La gravació en vídeo que va fer el cosí José va ser acceptada pel jutjat d'instrucció. Nosaltres vam anar a declarar al jutjat com a inculpades però vam sortir en llibertat sense càrrecs, i vam passar a ser testimonis de l'acusació i del fiscal. No ens van detenir, ni ens van emmanillar, ni tan sols ens va conduir la policia, què va. Vam anar-hi pel nostre compte a l'hora que ens va dir el jutge i llestos. Es devien pensar que érem unes noies espantades incapaces de fer cap malifeta. Mentre el de la gasolinera no ens hagués denunciat... Però ningú ens va reclamar res.

Al barri tothom va donar per fet que els pelats serien jutjats i condemnats per homicidi, però ningú creia que passessin més de dos o tres anys a la presó. Llavors tornarien als vells carrers i començarien, lentament, a exercir la venjança que havien promès complir.

La Chelo, el José i les nenes van tornar a la caravana i a la seva ferralla, però en acabar l'estiu una forta tempesta se'ls va endur a ells, caravana, furgoneta i tot. Si no van morir va ser perquè Déu no ho va voler, però es van quedar sense res. Van viure durant cinc mesos a casa meva fins que els serveis socials de l'ajuntament els van proporcionar un pis força decent molt a la vora del nostre.

La vida als carrers del barri va semblar tornar a la normalitat, tot i que després d'un temps convuls com aquell les coses no podien tornar a ser exactament com abans. Les mirades de recel no s'esborrarien del tot. Alguns magribins van desaparèixer com per art de màgia, però la majoria van seguir vivint en els seus pisos petits perquè, amb por de ser rebutjats o sense por, tampoc tenien un altre lloc on caure morts. En això coincidíem tots, tant els moros com els cristians del barri, tots. Alguna cosa ens havia d'agermanar.

El final del conflicte va ser també, encara que pogués semblar paradoxal, el final de l'esperança per al nostre barri. En el passat, el poc que s'havia aconseguit després de moltes lluites veïnals s'havia guanyat gràcies a la unitat d'acció i al caràcter solidari que teníem tots els que hi vivíem. Un cop es va recuperar la pau, ni hi havia unitat i solidaritat ni calia reclamar res. Tot va arribar de cop i sense voler-ho.

Els polítics van decidir, sense consultar amb cap habitant, que havia arribat el moment de transformar el barri. Ho van anunciar a tots els diaris i televisions, perquè el món veiés que aquells salvatges serien, finalment, civilitzats.

Un batalló d'urbanistes, especuladors i promotors immobiliaris van arribar, desplegar plànols, encaixar mans, prometent de tot i es van fotografiar amb casc de paleta i corbata de seda. Darrere d'ells van arribar excavadores, grues i formigoneres. Una part del vell barri va anar a terra d'una bufada i, amb ell, la història i els somnis de molta gent. En un tancar i obrir d'ulls es van fer tres nous blocs, es van asfaltar carrers, es van posar fanals i fins i tot es va arreglar la vella placeta on ens reuníem els joves amb poques ganes de fer res.

Però, malgrat les reformes, seguia sent el mateix barri, el mateix estrip en un extrem de la ciutat. Els veïns, esquerdats com els vells pisos que havien anat per terra, van anar caient tots sols, sense necessitat de la piqueta municipal.

Tot el que sóc

21

QUAN EL PROFESSOR de l'escola d'adults em va proposar que escrivís la meva història de treball de final de curs, vaig pensar que no seria capaç de ferho. Ser escriptora era un dels meus molts somnis d'adolescència, un altre dels anhels que la vida, pensava fins avui, s'havia encarregat d'esborrar de la memòria.

Aquesta tarda quan, amb orgull, he lliurat el manuscrit al professor, he pensat que potser la vida no m'ha tractat tan malament com per arrencar d'arrel i sense deixar rastre el somni d'escriure. No m'he inventat res, no ho he suavitzat, ni m'he recreat en detalls banals. Aquesta és la història de la Rosa i meva, així la vam viure i així l'he explicada, sense matisos ni censura. Potser mai més torni a escriure un relat, pot ser que tot el que havia d'explicar ja ho hagi fet en aquesta pila de fulls. El més probable és que no serveixi per ser escriptora i ningú més que el professor, la Rosa i jo llegim això, però sigui el que sigui, avui, per fi, he sentit com havia atrapat un somni i l'havia fet meu. Ara ja ningú me'l pot prendre. Estic molt satisfeta.

He hagut de córrer molt darrere seu després d'aquells dies de joventut: anys de batallar contra la meva mandra per estudiar, mesos de donar voltes a la idea; llargs dies de discussions amb el professor, amb la Rosa i amb el meu marit, i nits sense dormir treballant a la taula de la cuina, amb el flexo, el diccionari i l'ordinador que em va deixar l'escola.

Si sabessis la poca traça que tinc per a la informàtica!

Aquesta tarda quan he tingut l'original davant meu, fins i tot he pensat en la possibilitat que les lletres fugissin del paper, el relat s'esborrés i la nostra història es perdés per sempre. Si arriba a passar, em moro.

–Però si ho tens tot gravat a l'ordinador –em recorda el professor assenyalant-me amb el dit que el cap serveix per pensar, no per portar cabell i pentinar-se.

Jo només he vist el paper davant meu, ben posat, enquadernat amb una espiral i tapes de plàstic transparent. Impressionen, tants folis junts. Els escriptors de veritat també deuen tenir aquesta sensació quan acaben un llibre? Quina sensació es deu tenir quan un agafa per primer cop entre les seves mans un exemplar del llibre acabat de sortir de la impremta?

La Rosa i jo no vam arribar a viure mai juntes tal com havíem planejat en les nostres nits sota la lluna. Jo no me'n vaig anar de casa fins que em vaig casar i només he viscut amb els meus pares i el meu marit, excepte aquells dies que les dues vam ser fugitives però felices.

Això marca per sempre d'una forma impossible d'explicar en una novel·la. Això ho heu de viure vosaltres.

Gener-setembre de 2002

PS: Setmanes després que la Juana acabés la redacció de la seva història, aquesta editorial va saber de l'existència d'aquest relat per mitjà del professor de l'escola d'adults, col·laborador habitual de la casa. Després de llegir atentament l'original, el comitè de lectura va valorar molt positivament el relat i, després de proposar alguns petits reajustaments, van aconsellar publicar-lo. A pesar que l'autora, quan va firmar el contracte, va assegurar que mai més aconseguiria escriure un altre llibre, perquè ja havia explicat tot el que volia explicar en aquest, ens consta que està començant a treballar en una nova novel·la que, quan estigui llesta, esperem poder oferir als nostres lectors.

L'editorial